슬레이어즈 6
베젠디의 어둠

어둠 속에 서 있는
두 마족
그리고…

레서 데몬의 무리로부터
무수한 플레어 애로가 발사되었다.

슬레이어즈

⑥ 베젠디의 어둠

HAJIME KANZAKA **칸자카 하지메**

일러스트 | 아라이즈미 루이

번역 | 김영종

목 차

1. 이 녀석들! 갑자기 부활하지 말란 말야…

—미행당하고 있다.

눈치를 챘으면서도 나는 모르는 척 혼자 밤길을 걸었다.

여관을 나선 이후로 계속 따라오고 있다.

짚이는 데는 말 그대로 쓸어 담을 만큼 많았다.

여관으로 돌아갈까? 아니면….

잠깐 생각하다가 나는 걷는 속도를 바꾸지 않고 똑바로 마을 변두리로 향했다.

이런 밤중에도 아직 영업 중인 술집이 있는지 희미한 술렁임이 어디에선가 들려왔다.

그것도 점점 작아지고….

이윽고 나는 마을을 빠져나왔다.

기척은 아직 내 뒤를 따르고 있었다.

숲을 가로지르는 가도로 나왔을 때 구름이 보름달을 가렸다.

그리고… 주위에 어둠이 내렸다.

곧바로 나는 기척을 죽이고 가까운 나무 그늘에 몸을 숨겼다.

기척은 점점 다가오고 있었다.

이윽고 다시 달이 얼굴을 내밀었고….

"아멜리아?!"

"우와아앗?!"

내 목소리에 놀라 비명을 지르는 그녀.

"놀랐잖아요!"

"놀란 건 나야…, 아멜리아. 네가 조요오오오웅히 뒤를 따라오니까 적인 줄 알았잖아!"

"하지만! 당신이 여관을 빠져나가는 모습이 보이길래…. 어차피 도적이라도 잡으러 갈 생각이었죠?!"

"우…."

갑자기 정곡을 찔리자 한순간 말문이 막혔다.

"그… 그래. 뭐, 잘못됐어?! 애초에 도적을 잡으러 가는 것말고 여자 혼자 밤중에 여관을 빠져나갈 일이 또 뭐가 있겠어?"

나는 될 대로 되라는 식으로 태도를 바꾸었다.

"소녀의 마음을 모르는 가우리와 제르에게 들키면 또 한소리 들을 테니 몰래 나온 거야.

그런데 아멜리아… 설마 너, 나를 말리러 왔다고 말할 생각은 아니겠지?!"

하지만 내 물음에 아멜리아는 단호하게 고개를 젓더니 등 뒤에 번개까지 번뜩이며 말했다.

"아뇨! 저도 함께 가겠어요!"

이봐, 이봐….

"제정신… 이야…?"

놀라서 되묻는 나.

"물론이에요! 사리사욕을 채우기 위해 다른 사람의 물건을 빼앗고 패거리를 조직해서 온갖 나쁜 짓을 일삼는 도적단! 무슨 일이 있어도 전 그 악행을 두고 볼 수 없어요! 그런 이유로 얼른 때려잡으러 가자고요!"

"자…! 잠깐 기다려!"

자기 할 말만 하고 멋대로 성큼성큼 걸음을 옮기는 그녀에게 나는 당황해서 말했다.

아멜리아는 발길을 멈추고 돌아보더니,

"따라오지 말라고 말하려는 건 아니겠죠?"

"그게 아니고."

나는 검지를 척 세우며 말했다.

"보물은 반씩 나누는 거야♡"

이리하여.

한밤의 숲속에 공격 주문의 꽃이 피었다.

"우웅, 생각보다 벌이가 좋지 않네…. 뭐, 이렇게 외진 곳이니 도적단도 불경기일지 모르겠지만…."

짊어진 배낭에 보물을 채우고 여관으로 돌아가는 길에 나는 투덜거렸다.

이 근방은 지리적으로 칼마트 공국보다 약간 북쪽. 큰 마을과

대로에서 떨어진 외진 곳이었다.

도적단이 있는 것이 신기할 정도지만 이 세상 어느 곳 어느 시대건 악당들의 씨앗은 마르지 않는 모양이다.

내가 이렇게 줄기차게 도적단을 섬멸하고 있으니까 계속 도적들의 숫자가 격감해서 언젠가는 각국이 도적들을 천연기념물로 지정하지 않을까 하는 우려도 한 적이 있었는데 아무래도 그런 일은 일어나지 않을 것 같다. 다행인지 불행인지 모르겠지만.

여하튼 스트레스 해소는 할 수 있었지만 실익이 적어서 조금 불만인 나에 비해, 아멜리아 쪽은 매우 기분이 좋아 보였다.

"그런 것에 신경 쓰면 안 돼요!"

부어 있는 나를 향해 매우 유유자적한 목소리로 말했다.

"어찌 됐던 이걸로 또 하나의 악이 사라졌다고요! 밝은 미래는 아직 보이지 않지만 그래도 한 발짝 확실히 진보한 것만은 사실이에요!"

그래, 그래. 알았어….

"말은 좋지만… 아멜리아…. 너 최근 우리들의 여비가 어디서 나오는지 알고 있어?"

내 물음에 그녀는 잠시 침묵하더니,

"저기… 혹시…?"

침통한 표정으로 나는 크게 고개를 끄덕였다.

아무 생각도 없는 가우리.

정의만 있으면 다 좋다는 아멜리아.

사람들 앞에 얼굴을 내밀기 싫어하고 나쁜 짓에서 손을 씻은 제르가디스.

이 일행으로 무엇을 어떻게 해야 수입이 생긴다는 거야?!

큰 마을과 큰길만을 따라서 가는 특별히 바쁘지도 않은 여행이라면 이야기가 다르겠지만.

하지만 이런 상황에서 불량배 경호니 짐 운반 등을 느긋하게 맡고 있을 틈은 없었다.

당연히 계속 지출만 생길 뿐이니 어쩔 수 없이 나는 자주 여관을 빠져나와 근처 도적들을 소탕해서 살림을 꾸려가고 있었다.

아니…, 그야 뭐, 조금은 취미 차원도 있고, 보물을 여비로 돌리지 않고 떼어먹는 일도 있긴 하지만….

그건 떡고물이라고 해야 할까, 노동의 보수라고 해야 할까….

그런 생각을 내가 하고 있을 때….

"잠깐, 리나."

아멜리아의 목소리에 나는 발길을 멈추었다.

"왜 그래? 화장실?"

내 물음에 그녀는 고개를 짓더니,

"있어요. 무언가가."

갑자기 진지한 목소리였다. 황급히 나도 주위의 기척을 살폈다.

─밤의 숲. 내 머리 위의 작은 '라이팅'만이 주위를 희미하게 밝히고 있었다.

벌레 우는 소리. 무언지 알 수 없는 새 울음소리.

수상한 기척은 특별히 없는데…?

"아무것도 없잖아."

"아뇨. 있어요…."

단호하게 그녀는 말했다.

무녀 같은 것을 하는 사람 중에는 보통 사람은 알지 못하는 것을 왠지 알게 되는 능력을 가진 경우가 많다. 아멜리아 역시 그 능력이 있는 것 같은데….

아마 지금 상황이 그러한 것이리라. 그렇다면 상대는 나와 아멜리아에게조차 완전히 기척을 숨길 수 있는 실력자…?

나는 그녀와 등을 맞댄 상태에서 천천히 허리의 쇼트 소드를 뽑았다.

그 순간.

벌레 울음소리가 사라졌다.

침묵이 밤의 숲에 깔렸고,

그리고 살기가 일었다!

"왔어요!"

아멜리아의 목소리를 듣고 무의식중에 돌아보니 어둠을 질주하는 그림자 하나!

저건?!

황급히 주문을 외우는 나. 하지만 한발 늦었다!

그림자가 질주했다. 나는 본능적으로 검을 휘둘렀다.

카앙!

그림자의 양손이 가볍게 내 검을 부러뜨렸다.

"큭!"

바로 뒤쪽으로 물러서는 나. 그림자의 다리가 내 명치 언저리를 노리고 뻗어왔다.

피할 수 없다!

하지만!

뒤쪽으로 물러서는 검은 그림자.

위험할 때 아멜리아의 발차기가 그림자를 튕겨냈던 것이다.

그제야 그림자는 움직임을 멈추었다.

"누구냐?!"

묻는 아멜리아의 말에 대답한 것은 겨우 태세를 바로잡은 나였다.

"내가 아는 녀석이야…. 움직임에 기억이 있어…."

말하고 나서 나는 그 그림자를 노려보았다.

"너만은 부활하지 않길 바랐는데… 암살자 즈마…."

"이 녀석이 말예요?!"

즈마에게서 눈을 떼지 않은 채 말하는 아멜리아.

너도 본 적이 있잖아….

그렇긴 해도 예전과 마찬가지로 전신을 감싼 검은색 옷차림에, 얼굴도 눈 부분만 노출하고 검은 천으로 가리고 있었다. 암살자들은 대개 이런 복장이니 아멜리아가 구별하지 못하는 것도 무리는 아닐 것이다.

이 남자는 과거에 어떤 사건으로 나를 죽이러 온 암살자였다.

마지막엔 가우리와 싸우다 양팔을 잃고 도망쳤지만….

완전히 부활했군….

물론 고위 신관이 쓰는 술법이라면 손발을 재생시키는 것도 불가능하진 않지만…. 그때 숨통을 끊어놓지 못한 것이 이런 결과로 나타날 줄이야….

"뭐하러 왔지?! 너에게 날 죽이라고 의뢰한 의뢰인은 이제 없다고! 우리들이 해치웠으니까!"

소용없을 거라고 생각하면서도 나는 일단 말해보았다.

돌아온 대답은 멋이고 뭐고 아무것도 없는 것이었다.

"선금을 받았거든. 일은 아직 안 끝났어."

정말 성가신 프로 의식이다…. 이 장사에서 그건 민폐라고.

"아무래도 설득해봤자 소용없을 것 같군요!"

말하고 나서 즈마를 척! 가리키는 아멜리아.

설득해보려고 하지도 않았잖아… 넌….

나는 마음속으로 중얼거렸다.

"다른 사람에게 고용되어 타인의 목숨을 빼앗고 어둠 속을 방황하며 걷는 자! 자신의 손이 피로 물들었다는 것을 깨닫지 못한다면 구원의 길은 이제 없다! 법이 너를 심판하지 못한다면 하늘을 대신해서 내가 심판하겠다!"

어째서 이 녀석은 좀 더 직설적으로 '이 빌어먹을 암살자, 반성

할 생각이 없다면 내가 해치워주겠다!'고 말하지 않는 걸까…?

뭐… 아무래도 좋지만….

"혹시 너에게 아직 인간의 마음이 남아 있다면…."

"플레어 애로!"

아직도 추근추근 계속되는 그녀의 설교를 가로막고 나는 술법을 해방했다!

내가 쏜 십여 발의 불꽃의 화살은 일정한 거리를 두고 암살자를 향해 날아갔다! 물론 도망칠 수 있는 타이밍은 없었다!

"굼 에온[虛靈障界]."

작게 즈마가 중얼거렸다.

순간 그에게 명중해야 할 불꽃의 화살이 허공에서 흩어져버렸다!

"아니?!"

놀라 소리를 지르는 나와 아멜리아.

아마 내 공격이 있을 것을 예상하고 주문을 외우고 있었던 것이겠지만… 이런 술법은 본 적은커녕 들은 적도 없었다.

즈마가 질주했다! 나를 향해서!

황급히 다음 주문을 외우는 나.

—주문을 제때 완성할 수 있을까?!

"어림없다!"

아멜리아가 움직였다. 즈마를 향해.

그 순간!

즈마가 갑자기 진로를 바꾸었다!

목표는… 아멜리아!

"앗?!"

그녀는 완전히 타이밍이 어긋나자 엉겁결에 소리를 질렀다.

퍼억!

즈마의 발길질이 정통으로 작렬했다!

"……!"

쿵!

소리조차 지르지 못하고 뒤쪽으로 날아간 아멜리아는 근처에 있던 나무에 정통으로 등을 부딪쳤다!

이 녀석! 처음부터 그녀를 해치울 생각으로?!

쓰러진 아멜리아에겐 눈길도 주지 않고 즈마는 나를 향해 돌진했다!

내 주문이 완성되었다!

"다크 미스트[黑霧炎]."

"?!"

즈마가 동요하는 기척이 느껴졌다.

내가 만들어낸 검은 안개는 달려오는 즈마와 그 주위를 완전히 검게 감쌌다.

전에 즈마가 나에게 썼던 술법이었다.

이쪽에서는 안에 있는 즈마가 보이지 않았지만 마찬가지로 그쪽에서도 이쪽의 모습은 보이지 않을 것이다.

나는 장소를 이동하면서 속으로 라이팅 주문을 외우기 시작했다. 다크 미스트의 범위에서 뛰쳐나온 순간, 이걸로 눈을 멀게 하고 공격주문으로 숨통을 끊어놓을 생각이었다.

하지만….

나오지 않았다.

"리나! 위쪽!"

아멜리아의 목소리가 들린 그 순간.

"라이팅!"

올려다볼 사이도 없이.

나는 외우고 있던 주문을 위쪽으로 해방했다!

눈을 감고 그 자리에서 벗어나기 위해 몸을 튼 순간, 눈부신 빛이 눈꺼풀을 통해 눈에 닿았다.

내가 쏜 지속 시간 제로, 광량 최대의 '라이팅'이 머리 위에서 작렬한 것이다.

머리 위에서 다시 동요하는 기색.

─즈마의 눈을 멀게 하는 데 성공한 건가?!

그렇게 생각한 순간 나의 어깨(숄더 가드)에 무언가가 닿았다.

"블레스트 웨이브[黑魔疲動]."

목소리는 바로 귓전에서 났다.

콰앙!

동시에 내 오른쪽 어깨에 있던 숄더 가드가 박살 났다!

—만약 아멜리아의 목소리가 없었다면 이렇게 된 것은 내 머리였을 것이다.

대체 어느 틈에 다크 미스트에서 벗어났는지 알 수 없었지만, 즈마는 내 머리 위에서 공격을 했다.

하지만!

이걸로 이제 일시적이긴 해도 즈마의 눈은 멀어 있을 터!

나는 다시 눈을 뜨고 주문을 외우기 시작했다.

다시 나를 향해 돌진하는 즈마! 주문 소리로 위치를 파악한 건가?!

"에르메키아 란스[烈閃槍]!"

아멜리아가 옆에서 주문을 해방했다. 과연 초합금 아가씨! 정통으로 얻어맞고도 벌써 부활했다.

"칫!"

어쩔 수 없이 속도를 죽이는 즈마. 아멜리아가 쏜 술법은 암살자의 바로 눈앞을 통과했다.

이 녀석…! 정말로 눈이 먼 것 맞아?!

아마 바람 소리와 기척을 느끼고 움직인 것이겠지만….

하지만 이번엔 내 차례!

"파이어 볼[火炎球]."

콰앙!

불꽃이 일었다.

바람이 신음 소리를 냈다.

내가 쏜 파이어 볼은 정통으로 암살자의 발치에서 작렬했다.

하지만!

폭연도 아직 가시기 전에 불꽃을 가르고 뛰어나오는 검은 그림자!

말도 안 돼!

내가 그렇게 생각한 순간.

"프리즈 애로[Freeze Arrow]!"

다시 아멜리아의 목소리가 울려 퍼졌다!

해치웠다!

나는 내심 환성을 질렀다.

즈마가 기척으로 술법을 감지하고 몸을 피하고 있었다면 나의 파이어 볼로 주위의 공기가 어지럽혀진 지금, 그에게 날아오는 십여 개의 얼음 화살을 모두 피하기란 불가능!

하지만!

"후웃!"

날카로운 숨소리를 내더니 즈마는 날아오는 냉기를 하나하나 너무나 쉽게 피해냈다!

이 녀석! 눈이?!

보이는 건가?!

즈마가 돌진했다! 나를 향해!

그때.

나는 보았다.

돌진하는 암살자의 양쪽 눈이 감겨 있는 것을.

역시 보일 리 없었던 것이다!

등에 한기가 일었다.

아직 들고 있던 부러진 쇼트 소드를 즈마 쪽으로 집어 던졌다!

그것이 내가 할 수 있는 최대의 반격이었다.

암살자의 모습이 눈앞에 닥쳐오나 싶더니….

—부스럭.

작은 소리를 내며 풀이 흔들렸다.

정신을 차려보니 즈마는 크게 뒤쪽으로 물러나 있었다.

어…?

"베젠디로 와라."

즈마는 낮은 목소리로 말했다.

사냥감을 놓친 사냥꾼의 감정이 그 말에 희미하게 녹아 있었다.

"오지 않으면… 누군가가 죽는다."

말이 끝나자마자 갑자기 빙글 몸을 돌리더니 그대로 어둠 속에 녹아 사라졌다.

잠시 멍청히 서 있는 나.

"대체… 어째서 갑자기…?"

"원군이 와서 그런 게 아닐까요?"

소리는 갑자기 내 뒤쪽에서 들렸다.

"우왓?!"

당황해서 내가 돌아보자 어둠 속에 검은색 로브를 걸치고 서 있는 그림자가 하나.

"제로스?!"

나는 엉겁결에 소리를 질렀다.

그랬다….

그곳에 서 있는 사람은 전에 어떤 사건으로 알게 된, 자타가 인정하는 수수께끼의 신관 제로스.

"오랜만입니다, 리나 씨, 아멜리아 씨…. 하지만 그 정도 상대라면 혼자서 해치우셔야죠…."

"'오랜만입니다'가 아니야아아아아!"

외치고 나는 제로스의 멱살을 잡았다.

"자…! 잠깐, 리나 씨?!"

"너 말야! 대체 무슨 생각으로 뻔뻔하게 다시 나타난 거지?! 온화한 나는 별로 신경 안 쓰지만 제르가디스쯤 되면 엄청나게 화낼 거라고…! 아마도…."

"그렇습니까…? 아, 그건 좀 난처하군요…."

그는 나에게 멱살을 잡힌 채 별로 난처하지도 않은 듯한 어조로 말했다.

"원 참…."

중얼거리고 나는 제로스를 잡고 있던 손을 놓았다. 이 녀석의 멱살을 잡고 있어봤자 나만 피곤해질 뿐이니까.

"그래서? 이번엔 대체 무슨 목적으로 등장한 거지? 방금 등장으로 보건대 우연히 마주친 건 아닌 것 같은데."

"물론…."

"비밀인가요? 역시."

옆에서 끼어든 아멜리아에게 그는 싱긋 웃음을 짓더니 오른손 검지를 세우고,

"그렇습니다."

"아… 그러셔…?"

나는 작게 중얼거렸다.

아마도 이 건으로는 더 이상 이 녀석에게 캐물어도 소용없을 것이다.

"그럼 질문을 바꾸겠는데, 일단 앞으로 어떻게 할 생각이야?"

"일단… 리나 씨, 당신과 함께 여행을 할 생각입니다."

"제정신이에요?!"

아멜리아가 비명에 가까운 소리를 질렀다.

"리나와 함께 여행을 하다니!"

"이봐…."

"그야 뭐, 저와 제르가디스 씨는 어느 정도 각오는 하고 있었고, 가우리 씨는 그 모양이니까 현실을 눈치채지 못한 것 같지만."

"야! 아멜리아!"

"당신에게 어떤 사정이 있는지는 모르겠지만 인생을 포기하기

엔 아직 일러요!"

"너 말야! 아직 그런 소릴 들을 정도는 아니라고!"

하지만 항의하는 내 목소리에 그녀는 차가운 시선을 보내더니,

"그럼 묻겠는데, 리나. 당신, 설마 평온한 삶을 살고 있다고 생각해요?"

우….

그렇게 반격을 하면….

"아니……, 뭐, 그건 둘째치고……. 어쨌든 제로스, 아무리 여기서 나와 아멜리아가 설득해봤자 이제 와서 생각을 바꿀 마음은 없지?"

"물론입니다."

딱 잘라 말하는 제로스. 설득은 무리라는 것을 깨달았는지 아멜리아는 크게 한숨을 쉬었다.

"하지만 역시 문제는 제르가디스구나…."

"화를 많이 냈거든요, 제르가디스 씨."

나의 중얼거림에 아멜리아도 고개를 끄덕였다.

"그렇게 화를 많이 내던가요?"

"응."

나와 아멜리아는 동시에 대답하며 고개를 위아래로 흔들었다.

"아아, 그럼 안 되죠. 사람은 좀 더 통 크게 살아야…."

"너 말야! 그런 짓을 해놓고 '사람은 좀 더 통 크게'라는 말이 이 세상에 통할 것 같아?!"

"아, 역시 안 되나요? 하하하."

속 편하게 웃지 마….

"하지만 거기에는 키메라(합성수)를 원상태로 되돌리는 방법 따윈 적혀 있지 않았습니다. 그저 제작법만이 적혀 있었을 뿐."

"문제는 그 말을 제르가 믿어줄지 어떨지야…. 뭐, 열심히 설득해보라고."

"거들어주진 않을 겁니까?"

"…저기 말이지. 지금 너의 그 영문 모를 이야기를 듣고 대체 뭘 어떻게 거들라는 거야…?"

"그건, 저기, 이심전심이라고 할까, 오는 정이 있어야 가는 정이 있다고 할까."

"또 알아들을 수 없는 소리를…."

"알았어요."

내 중얼거림과는 반대로, 말한 뒤 힘차게 고개를 끄덕이는 아멜리아.

"뭐?!"

"납득한 겁니까?! 방금 그 말로?!"

제로스 본인까지 놀라 되물었다.

그녀는 다시 고개를 끄덕이더니,

"알았어요. 여기서 이야기를 해봤자 아무런 소용이 없다는 것을."

"뭐, 그건 그렇지만…."

말하고 나서 한숨을 쉬는 나.

"어쨌거나 오늘은 일단 여관으로 돌아가죠."

"찬성입니다."

"동감."

세 사람은 제각각 고개를 끄덕이고 함께 밤길을 걷기 시작했다.

하지만….

—베젠디로 와라.

여관으로 돌아가는 도중에도 내 머릿속에는 즈마가 남긴 그 한마디가 울려 퍼지고 있었다.

물론 그런 녀석과 다시 만나고 싶지는 않았다.

한순간 '못 들은 걸로 하자 공격'도 떠올랐지만 그 말은 아멜리아와 제로스의 귀에도 들어갔을 터.

오지 않으면… 누군가가 죽는다… 라….

물론 그 '누군가'라는 것이 우리들을 이르는 말은 아닐 터였다.

아마 베젠디 마을의 누군가.

그렇다.

오지 않으면 본보기로 관계없는 사람을 죽인다.

즈마는 그렇게 말한 것이다.

에잇…! 갈 수밖에 없나!

어두운 밤길을 걸으면서 나는 반쯤 자포자기식으로 결의를 굳히고 있었다.

"여, 잘 잤어?"

다음 날 아침.

제르가디스보다 먼저 일어난 것은 가우리였다.

검 솜씨는 흠잡을 데 없는 남자지만 유감스럽게도 뇌세포는 젤리로 만들어진 남자.

여관 1층에 있는 음식점.

나와 아멜리아, 제로스가 앉아 있는 테이블에 여느 때와 전혀 다르지 않은 태도로 앉았다.

"음, 어제는 왠지 푹 잔 것 같아. 어디, 오늘 아침은….."

"이봐….."

"왜? 리나."

태연하게 되묻기에 나는 제로스를 가리키고,

"너 말야! 모처럼 이 녀석이 없는 지혜를 짜내서 뜻밖의 연출을 하려고 준비했는데 그걸 무시하다니!"

"저기… 없는 지혜… 라뇨…?"

제로스가 무언가 중얼거리는 것은 무시하고,

"최소한 체면치레로라도 '너! 어째서 이런 곳에!'라든지 '잘도 뻔뻔하게 얼굴을 내밀었군!' 같은 소릴 해주지 않으면 불쌍하잖아!"

"저기…… 이제 됐습니다, 리나 씨…. 왠지 점점 슬퍼지니까요
…."

"좋지 않아! 잘 들어. 이 세상에는….."

"아, 잠깐, 리나."

설교를 계속하려는 나의 말을 가우리가 막았다.

"놀러고 뭐고를 떠나 그전에 해결하지 않으면 안 될 문제가 있잖아."

"우… 뭐… 그건 그렇지만…."

가우리는 진지한 눈으로 제로스를 정면으로 바라보더니,

"애당초… 이 녀석, 누구야?"

우당탕!

완전히 의자째 뒤집어지는 제로스.

"지… 진심으로 하시는 말씀입니까?!"

겨우 자세를 바로잡는 제로스에게 아멜리아는 침통한 표정으로 고개를 끄덕이면서,

"그는 언제나 진심이에요…. 불행하게도…."

"가우리, 너! 설마 이 녀석을 잊어버린 건 아니겠지?!"

"거 있잖아요, 가우리 씨. 전에 사악한 종교 단체와 싸웠을 때……."

옆에서 거들고 나서는 아멜리아.

가우리는 잠시 생각하더니,

"오오!"

말하고 손을 탁! 쳤다.

"맞다, 맞아! 기억난다, 기억나!"

거짓말.

"그런데 이름이 뭐였더라?"

우당탕!

다시 뒤집어지는 제로스. 꽤나 반응이 요란한 남자였다.

"전혀 기억하고 있지 않잖아아아아아아!"

"아니… 그게….'

가우리는 머리를 벅벅 긁으면서,

"난 그 녀석 이름 같은 걸 듣거나 소개받은 적이 없는데?"

…….

아… 그러고 보니….

지난번 사건에서 가우리와 제로스는 거의 마주치지 않았다.

이 두 사람이 얼굴을 마주친 건 겨우 두 번. 그것도 아주 짧은 시간이어서 서로에 대한 소개 같은 건 하지 못했다.

제로스에겐 가우리에 대해 이것저것 이야기했지만 가우리에겐 '말해봤자 달라질 것도 없으니…' 하고 생각해서 제로스에 대해 말하지 않았다….

그렇게 생각하면 가우리가 제로스를 기억하고 있는 편이 이상한 셈이었다.

"제… 제로스라고 합니다…. 잘 부탁해요….'

지친 목소리로 말하는 제로스.

"가우리야. 잘 부탁해.'

가우리는 가벼운 어조로 말했다.

지친다…, 지쳐….

정작 제르가디스는 나타나지도 않았는데 벌써 꽤 지쳐버린 기분이었다….

내가 그렇게 생각한 순간.

"너! 어째서 이런 곳에 있는 거냐?!"

목소리는 내 뒤쪽에서 났다.

"제르!"

새하얀 코트와 바지 차림. 지금은 사람들의 시선이 싫었는지 깊숙이 눌러쓴 후드와 머플러로 눈가를 제외한 얼굴의 대부분을 가리고 있었다.

과거에 어떤 마법사의 손에 의해 골렘 및 블로 데몬과 합성된 마전사로 지금은 인간으로 돌아갈 방법을 찾아 정처 없는 여행을 계속하고 있는데….

최근 얼마 동안은 우리들과 함께 행동하고 있다.

그는 느릿한 발걸음으로 걸어왔다.

제로스를 향해.

"잠깐, 제르! 진정해! 냉정해지라고!"

"제르가디스 씨! 경솔한 행동을 하면 안 돼요!"

나와 아멜리아의 제지를 무시하고 그는 천천히 걸음을 옮겨 제로스의 곁에 딱 멈춰 섰다.

"잘도 뻔뻔하게 얼굴을 내밀었군."

말이 끝나자마자….

그대로 몸을 홱 돌려 마치 아무 일도 없었다는 듯 가우리 옆에 앉았다.

입을 가리고 있던 머플러를 내리더니,

"어디 보자…. 오늘 아침 메뉴는…."

"저기… 제르…?"

나의 중얼거림에 그는 입가에 웃음을 머금고 말했다.

"대충 달성했잖아, 네가 말하는 '체면치레'는."

…….

"듣고 있었어?! 우리들이 했던 이야기?!"

"응."

태연하게 대답하는 그.

이 녀석… 대체 어느 틈에 이렇게 익살맞아졌지…?

방심할 수 없다! 제르가디스!

"화 안 내요?"

불안한 얼굴로 묻는 아멜리아에게 그는 매우 태연하게,

"내가 화내는 정도로 반성할 만한 녀석은 아니잖아. 그러니까 화를 내봤자 나만 손해지."

"쳇…."

왠지 실망했다는 듯 혀를 차는 아멜리아.

대체 뭘 기대했던 거야? 넌?

"저기…."

그때 제로스가 작게 중얼거렸다.

"왠지 있든 말든 상관없다는 취급을 받고 있다는 생각이 드는 건 제 기분 탓일지…?"

"아니. 사실이야."

딱 잘라 말하는 내 말에 무언가 작게 투덜거리더니 숟가락으로 스튜를 젓기 시작하는 제로스.

삐지기는….

"뭐, 솔직히 말해 노리고 있었던 건 사실이지만."

역시 태연하게 말하는 제르가디스.

"노렸다고?"

되묻는 나에게 고개를 끄덕이더니,

"응. 나 혼자 여기저기 돌아다니면서 찾는 것보단 아무래도 너희들과 함께 여행을 하는 편이 실마리를 찾기 쉬울 것 같다는 생각이 들었거든.

실제로—

이렇게 제로스 녀석도 제 발로 찾아왔으니까."

아항….

"그래서 말인데, 제로스."

말하고 나서 제르는 제로스 쪽을 바라보았다.

기분 탓인지 아주 조금 말투가 바뀐 듯하다.

"솔직히 대답해주길 바란다. 네가 불사른 그것은 나에게 아무런 도움도 되지 않는 물건이었나? 아니면….”

스멀스멀 그의 전신에서 살기가 번져 나왔다.

—위험하다. 제로스의 대답에 따라선….

“물론입니다.”

하지만 나의 걱정과는 달리 선뜻 고개를 끄덕였다.

“아무리 맛있는 혼합 주스의 제조법을 안다고 해도 거기서 오렌지 주스만을 추출해내기란 불가능하겠죠. 그런 것입니다.”

“…….”

제르는 잠시 제로스의 눈을 물끄러미 바라보았지만,

“뭐, 확실히 앞뒤는 맞는군.”

작게 미소를 띠며 말했다.

“그건 그렇다 쳐도, 넌 어째서 이런 곳에 있지?”

“그건… 비밀입니다.”

검지를 하나 세우는 특유의 자세로 말하는 제로스.

“우리들과 함께 여행을 하겠다는데요? 우리라기보단 리나 씨와.”

““뭐?!””

아멜리아의 말에 동시에 소리를 지르는 제르와 가우리.

“이봐, 이봐, 이봐. 너 제정신이야?!”

“그것만은 그만두는 게 좋을 거야.”

“그래. 충고할 입장은 아니지만 한 마디 충고해두지. 그만둬.”

“그래, 그래. 벌써부터 인생을 포기하면 어떡해?”

두 사람은 번갈아 말을 걸었다.

너… 너희들… 날 대체 어떤 눈으로 보고 있었던 거야!

"문제가 하나 있는데 말야."

내가 입을 연 것은 전원의 아침 식사가 테이블로 운반되고 모두가 제로스를 설득하는 일이 소용없다는 것을 알게 된 뒤였다.

무슨 말을 해도 '이유는 말할 수 없지만 어쨌거나 함께 간다'고 고집을 부렸던 것이다.

그래서 결국 가우리와 제르도 포기했다.

"문제…?"

빵에 베이컨과 야채를 끼워 한입 먹으면서 앵무새처럼 되묻는 가우리.

나는 잠시 우물거렸다.

"응…, 사실 어젯밤 잠깐 외출을 했는데…."

"또 도적 사냥을 했어…?"

어이없다는 어조로 말하는 가우리에게 나는 순순히 고개를 끄덕였다.

"재미있어? 쓰레기들을 괴롭히는 게?"

"굉장히 재미있어."

딱 잘라 말하자 일단 제르 쪽은 침묵했다.

"뭐… 어쩌다가 도중에 아멜리아와 만나게 되었는데 도적들을 때려잡고 돌아오는 길에 만난 게…."

"제로스였나?"

가우리가 물었다.

"제로스도 있었지만… 즈마도…."

""뭐어어?!""

다시 동시에 소리를 지르는 가우리와 제르.

아, 드물게도 가우리가 이름을 기억하고 있다.

제르 쪽도 이름 정도는 들은 모양이다.

"즈마라면… 그 즈마 말야?!"

"응. 그 즈마."

묻는 가우리에게 대답하는 나.

"그럼 묻겠는데… 양손은…?"

"두 개 다 있었어…."

"그래…. 역시 두 개 다 있었구나아아아…."

혼자 주절거리더니 머리를 긁는 가우리.

일단 나는 이야기를 계속했다.

"뭐, 그래서 말인데.

결국 즈마 녀석, 제로스가 와서 도망치긴 했지만….

그때 한마디를 하고 가더라고….

베젠디로 와라, 오지 않으면 누군가가 죽는다."

"갈 수밖에 없어요!"

힘차게 주먹을 쥐고 외치면서 의자에서 일어선 사람은 말할 것
도 없이 아멜리아였다.

"아마 그 녀석은 우리들이 가지 않으면 분명 베젠디에서 사람을 죽일 거예요!

그것도 오직 본보기를 위해서!"

"자… 잠깐, 아멜리아! 그런 불온한 이야기를 그렇게 큰 소리로…! 다른 사람들이 이쪽을 보고 있잖아!"

내 목소리가 들렸는지 어쨌는지 개의치 않고 이야기를 계속하는 그녀.

"그걸 알게 된 이상 그냥 두고 볼 순 없어요! 아무리 이 세상이 넓다고 해도 그를 막을 수 있는 것은 우리들뿐이니까요!"

"알았으니까! 아멜리아! 갈게! 갈 테니까 조금 진정해…! 가우리! 제르! 제로스! 너희들도 멍청히 보고 있지만 말고 말리든지 어떻게 좀 해봐."

이리하여….

무언가 흐지부지한 가운데, 우리들 일행은 베젠디 시티로 향하게 되었다….

베젠디 시티.

칼마트 공국의 조금 서쪽에 있는 꽤 큰 마을이었다.

랄티그와 딜스로 이어지는 대로의 분기점이 있어서 예부터 교역 마을로 번창했다.

"그리 내키지는 않는군…."

그 베젠디를 눈앞에 두고 갑자기 그런 말을 꺼낸 것은 제르가디스였다.

"왜 그래? 이제 와서."

걸음을 멈추지 않고 묻는 나.

일행은 지금 마을로 이어지는 대로를 걷는 도중이었다. 이미 언덕 너머로 베젠디 거리가 보이고 있었다.

이 근방쯤 되자 대로도 깔끔하게 정비되어 있었고 사람과 마차가 끊임없이 왕래하고 있었다.

제르는 역시 후드와 머플러로 얼굴의 대부분을 가린 상태.

"언젠가도 말했지만… 옛날에 여러 가지 일들이 있어서 이런 큰 마을에는 별로 들어가고 싶지 않아."

그렇구나….

"괜찮아요!"

또 근거 없는 단언을 하는 것은 아멜리아였다.

"정의를 사랑하는 마음만 있다면 분명 잘될 거예요!"

"그런 건 없어."

"……."

딱 잘라 부정하는 제르에게 무심코 침묵하는 그녀.

"뭐, 걱정할 건 없어."

다음으로 입을 연 것은 가우리였다.

"그렇게 얼굴을 가렸으니 절대로 알아볼 수 없을 거야. 실제로 그 차림새의 너와 마을 한복판에서 마주친다면 난 전혀 눈치채지 못할걸?"

너뿐이야…, 그런 사람은….

설득력이라는 단어를 알고 있는 녀석은 없는 거야?! 여기에는?!

과연 이 말에는 어떻게 대답해야 좋을지 몰라 잠시 미간을 좁히고 침묵하는 제르가디스.

"그럼 마을 밖에서 기다리면 되잖아요?"

갑자기 몰인정한 말을 토해내는 제로스.

"야, 제로스! 너…."

"하지만 리나 씨와 함께 있는 편이 역시 무언가 유리하다고 생각하신다면 마을에 들어가시면 됩니다.

당신이 과거에 어떤 일을 저질렀는지, 혹은 어느 정도의 지명도가 있는지 저는 알지 못합니다만, 돈만 내면 묵게 해줄 여관은 어느 마을에나 있기 마련입니다.

결국 제르가디스 씨, 당신이 어느 쪽을 선택하느냐로군요."

그의 말에 제르는 작게 코웃음을 쳤다.

아마… 쓴웃음을 짓고 있는 것이리라.

"그건 그렇군. 네 말이 맞아.

―알았어. 마을로 들어가지."

"알아줘서 기뻐요!"

말하면서 만족스럽게 고개를 끄덕이는 아멜리아.

네가 설득한 게 아니잖아….

웅성웅성….

길을 가는 사람들이 한순간 술렁인 듯한 느낌이 들었다.

우리들이 베젠디 시티로 들어온 바로 직후의 일이었다.

꽃을 파는 아가씨가, 혹은 포장마차 아저씨가, 혹은 길을 가는 형씨가 우리들을 쳐다보고 있는 듯해서 기분이 좋지 않았다.

"왠지… 주목을 받고 있지 않나요? 우리들?"

아멜리아가 작은 소리로 중얼거렸다.

"음… 그건 그렇군…."

경계하는 기색을 내비치며 제르가디스도 고개를 끄덕였다.

한편 당당한 사람들도 있었다. 바로 가우리와 제로스.

─물론 가우리 쪽은 '멍한 상태'라고 말하는 편이 정확하겠지만…. 일행이 얼마쯤 갔을 때….

"저기."

열두세 살쯤 되어 보이는, 아직 변성기도 안 된 남자아이가 말을 걸어왔다.

세간에서 흔히 말하는 반항기. 그냥 한 대 쥐어박아주고 싶다고 말하기도 하는 나이대였다.

"무슨 일이니?"

걸음을 멈추고 묻는 나를 남자아이는 잠시 물끄러미 바라보더니,

"누나, 혹시 이름이 리나 인버스야?"

예의고 뭐고 없는 말투로 아이가 그렇게 물은 순간.

웅성웅성.

다시 주위 사람들이 술렁거렸다.

—뭐야, 뭐?

실은 예전에 사적인 원한으로 한 번 수배를 당한 적이 있었는데 왠지 그때와 분위기가 비슷했다.

설마라곤 생각하지만….

"그래…."

경계하면서 내가 대답한 그 순간.

우오오오!

노골적인 수런거림이 주위에서 일었다!

뭐야, 뭐야, 뭐야?!

우리들을 보는 주위의 시선이 완전히 변했다.

이봐, 이봐!

"역시 그랬어! 사람 수가 한 명 더 많아서 아닌가 했는데…."

내 내심의 동요에는 아랑곳 않고 눈앞에 있는 소년이 계속 말을 이었다.

무슨 일이지…?

만약 우리들이 지난번처럼 흉악범으로 수배를 받고 있다면 이런 어린애가 친근하게 말을 걸어올 리 없을 텐데….

대체 뭐가 어떻게 된 건지 주위에는 구경꾼들까지 몰려들었다.

"그러면 누나, 부탁이…."

"잠깐 기다려라, 애야."

소년의 말이 끝나기도 전에 인파 속에서 건달 비슷한 남자 하나

가 성큼 한 발 앞으로 나왔다.

하지만 그리 강해 보이지는 않았다.

남자는 소년에게,

"잘 들어라. 이 누나들을 발견한 것은 이 아저씨가 먼저란다."

"무슨 소리야!"

다음으로 소리를 지른 것은 주위에 있던 아줌마 A였다. 꽤 뚱뚱한 체격에 어울리지 않는 꽃분홍색 옷을 입고 있었다.

"그렇게 말한다면 내가 먼저야!"

말이 끝나자마자….

"그럼 내가 더 먼저다!"

"아니, 내가!"

"나야!"

여러 곳에서 목소리가 일제히 들려왔다.

"자…?! 잠깐?! 어떻게 된 일이야?!"

무심코 소리를 지르는 나.

아무도 안 듣고 있다….

"잠깐! 잠깐! 누가 좀?!"

"나야!"

"아니, 내가 먼저!"

으득….

"난 저쪽 길에서부터 이 녀석들을…."

"나는 마을 입구부터야!"

"버스트 론도[爆煙舞]!"

콰과과과과과과광!

휘이이이잉….

내가 쏜 일격에 주위가 조용해졌다.

겉보기엔 화려하지만 위력은 없는 이 기술은 이런 위협용으로 쓰기에 안성맞춤이었다.

뭐… 아까의 껄렁껄렁한 형씨가 저기서 새까맣게 탄 채 꿈틀대고 있다는 설도 있지만 나만 입 다물고 있으면 모를 거다.

―아마도.

"그래서?"

나는 양손을 허리에 대고 휘리릭 마을 사람들을 둘러보았다.

모여 있던 사람들이 사사사삭 크게 뒤로 물러났다.

"대체 나한테 무슨 용건이야? 어째서 다들 이 소란이지?"

조용….

"저… 저기….”

머뭇머뭇 대답이 돌아온 것은 꽤 긴 침묵이 흐른 후의 일이었다.

돌아보니 처음에 말을 걸어온 그 남자아이였다.

공포에 질린 기색이 역력한 눈으로 조금 떨어진 곳에서 나를 바라보더니,

"사… 사실은… 러독 씨가 리나 인버스를 찾아서 데려온 사람

에게 금화를 준다고 해서….”

말하면서 바지 주머니에서 종이를 한 장 꺼내어 주뼛주뼛 나에게 건넸다.

확실히….

읽어보니 그곳에는 리나 인버스와 그 일행을 자신의 집으로 데려온 사람에겐 상금을 준다고 쓰여 있었다.

상금액은 그리 놀랄 만한 액수는 아니었지만 평범하게 생활하는 사람들에게는 꽤 짭짤한 금액이었다.

그 아래쪽에 나, 가우리, 아멜리아, 제르, 네 사람의 간략한 특징이 문장으로 적혀 있었는데….

특징이 매우 대략적인 것이어서 제르의 경우엔 단지 ‘하얀 옷을 입은 키 큰 남자’로밖에 쓰여 있지 않았고, 이틀 전부터 여행에 참가한 제로스에 대해선 아예 없었다. 당연한 일이지만.

하지만 나의 특징은….

“가자.”

나는 종이를 구기면서 굳은 결의를 담아 그렇게 말했다.

“안내해주겠니? 그 러독인가 하는 사람이 있는 곳까지.”

내 말에 소년은 기계적으로 고개를 끄덕였다.

공포에 질린 기색이 눈에 역력한 상태에서.

“일단 모두 가보는 거야!”

말하고 돌아본 나는 한순간 어처구니가 없었다.

아마 내가 술법을 날린 순간부터였을 것이다.

가우리를 포함해 다른 일행은 내게서 멀리 떨어진 길가에서 힐끔힐끔 이쪽을 살피고 있었다.

모르는 사람인 척하려는 거냐…? 너희들….

"여기예요."

소년이 우리들을 안내한 곳은 으리으리한 집 앞이었다.

어느 정도로 으리으리하냐 하면 가우리조차 무심코 "우아…" 하고 작게 중얼거렸을 정도.

게다가 이런 곳에 흔한 졸부 취미가 흔적도 보이지 않았다.

돈은 많지, 센스는 좋지.

전형적인 '뒤에서 친구들에게 시샘을 받을 타입'이었다.

여기까지 오는 길에 안내를 해준 남자아이에게서 들은 말인데 이곳의 주인인 러독 란자드는 이 마을 굴지의 상인이라고 한다.

―물론 10년 전쯤 그의 아버지가 살아 있었을 때에는 이 마을에서 '제일가는' 상인이었다고 하지만.

흔히 말하는 재능 없는 2세라고 할 수 있다.

"나는 여기서 헤어지도록 하지."

문 바로 앞까지 와서 그렇게 말한 것은 제르가디스.

"잠깐, 제르. 너…."

"생각해봐."

내 말을 가로막고,

"만약 이곳으로 들어갔을 때 마실 거나 먹을 게 나온다고 생각해봐. 나는 이 머플러를 벗어야만 해. 사람들 앞에 얼굴을 내비치고 싶지는 않아."

그렇구나….

"아, 그럼 어디 여관이나 잡아줘. 이야기가 끝나면 밖으로 나와서 요 근처에서 어슬렁대고 있을 테니까. 알았지?"

"응."

말하고 나서 등을 돌리는 그.

"자… 그럼 가볼까?"

"응!"

내 말에 남자아이는 고개를 한 번 끄덕이고 저택의 문지기에게 말을 걸었다.

"리나라는 사람 데려왔어요."

그 말 한마디에 우리 일행은 저택 안으로 안내되었고 남자아이는 문지기로부터 금화를 받고 희희낙락한 표정으로 돌아갔다.

안쪽에 있는 응접실로 보이는 장소로 안내받은 후, 차 한 잔도 없이 기다리기를 얼마… 아니, 오래.

겨우 방문이 열리고 들어온 것은 한 노인이었다.

"이제 곧 러독 님이 오십니다."

내가 불만을 터뜨리기도 전에 그 말만을 하고 방구석에 서서 힐끔 우리들 일행을 둘러보았다.

아마 집사일 것이다. 은발인지 백발인지 흰머리를 뒤로 넘긴 노신사였다.

"이야기할 생각이 없다면 돌아가고 싶은데요?"

"오셨습니다."

중얼거린 내 말을 완전히 무시하고 그는 다시 문을 열었다.

"네가 리나 인버스냐?!"

거의 시비조로 말하면서 들어온 것은 검은 머리카락에 한 줄기 흰머리가 섞여 있는 40대의 중년 남자였다.

용모는 꽤 잘생긴 편이었고 나이에 비해 체형도 호리호리.

아마 이 사람이 이 집 주인인 러독 란자드일 것이다.

오른손에는 무언가 종이를 한 장 들고 있었다.

그 바로 뒤를 이어 한 청년이 들어왔다.

이쪽은 20세 남짓으로 보이는, 아니, 부자지간인지 먼저 들어온 중년 아저씨를 꼭 **빼닮은** 검은색 머리카락의 잘생긴 청년이었다.

아저씨는 우리들 쪽으로 성큼성큼 걸어오더니,

쾅!

테이블을 오른손으로… 들고 있던 종이로 내리쳤다.

"내가 러독 란자드다!"

증오가 서린 어조로 말하면서 비어 있는 자리에 앉았다.

"그런데 이건 대체 어찌 된 일이지?!"

말하면서 방금 자신이 내리친 종이를 내 쪽으로 쭉 밀었다.

"무슨 소리예요? 대체…?"

기분이 상한 목소리로 그 종이를 집어 들고….

"⋯⋯?!"

내용을 읽어보다가 그만 말문이 막히고 말았다.

러독 란자드.
널 죽이겠다.
죽고 싶지 않으면 리나 인버스를 고용해라.   즈마

그 아래쪽에는 제로스를 제외한 우리들 일행의 특징이 적혀 있었다.

"즈마라는 암살자의 이름은 나도 알고 있다."

러독은 말했다.

"이 글로 미루어 보아 아무래도 나는 너를 불러내기 위한 미끼인 것 같은데, 대체 뭐가 어떻게 된 것인지 설명해주실까?!"

꽤나 고압적인 태도로 호통을 쳤다.

울컥.

"전에 한 번 싸운 적이 있었거든."

말하면서 나는 들고 있던 종이를 테이블 위에 휙 내던졌다.

"나를 죽이라는 의뢰를 받은 모양인데 결국 일을 완수하지 못했지⋯. 그래서 아직까지 날 노리고 있는 모양이야."

"'노리고 있는 모양이야'가 아니잖아!"

라고 외치면서 러독은 다시 쾅! 하고 테이블을 내리쳤다.

"덕분에 나만 성가시게 됐잖아! 너 때문에 목숨이 위태로워졌으니까…!

당연히 어떻게 해주겠지?! 이 뒤처리는?!"

사뭇 당연하다는 듯 그는 말했다.

이 녀석은…!!!

좋아. 네가 그런 태도로 나오겠다면….

나는 자리에서 일어나서 짐짓 냉담한 어조로,

"어떻게 되든 말든 내가 알 바 아니잖아? 그만 가자."

"뭐라고오오오오오?!"

얼굴을 분노로 물들이고 러독이 소리를 질렀다.

"이봐, 이봐, 리나?!"

"저기, 그건, 아무리 그래도…."

"생각해봐!"

가우리와 아멜리아가 무언가 말하려 했지만 나는 제지하고 러독 쪽을 손가락질했다.

"어째서 녀석이 당신한테 이 협박장을 보냈는지를."

"그건… 나라면 널 찾아낼 수 있는 힘을 가지고 있다고 생각한 거겠지."

"그것뿐일까?"

"무슨 의미지?!"

"분명 당신은 이 마을 굴지의 자산가이고 마음만 먹으면 날 찾아낼 수 있긴 해.

실제로 발견한 사람에게 상금을 준다는 방법으로 이렇게 우리들을 찾아내기도 했고.

하지만 단순히 날 불러들일 속셈이었다면 어째서 협박장을 이 마을 최고의 자산가에게 보내지 않았을까?"

내 물음에 러독은 한순간 우물거리다가,

"그런 것까지 내가 알 게 뭐야!"

내뱉듯 말했다.

"내 생각대로라면 아마… 당신도 표적일 거야."

"뭐…?"

그는 얼빠진 소리를 냈다.

"이 즈마라는 암살자는 매우 성가신 녀석이긴 해도 틀림없는 프로야.

솜씨도, 근성도. 그러니 실수로라도 아무 상관도 없는 사람을 인질로 잡지는 않을 거야.

쉽게 말해 즈마는 다른 창구를 통해 당신의 암살을 의뢰받은 거지. 그리고 그걸 이용해서 날 불러내려고 생각한 거야.

그리고… 두 사람이 모이면 한꺼번에 해치우는 거지.

쉽게 말해 일석이조."

"잠깐 기다려!"

내가 하려는 말을 그제야 이해했는지 러독은 비명에 가까운 소리를 질렀다.

"그렇다면…! 뭐야?! 널 호위로 붙인다 해도 결국 암살당한다는 소린가?!"

그의 말에 나는 고개를 저으며,

"그렇지도 않아. 내가 당신을 호위한다면 녀석은 일단 나부터 노릴 거야. 만약 당신을 먼저 죽여버린다면 내가 냉큼 모습을 감춰버릴 수도 있으니까.

쉽게 말해 내가 살아 있는 동안에는 녀석은 당신에게 손을 대지 않을 거야.

물론…

내가 당신의 호위를 맡을 경우의 이야기지만."

"설마… 못 본 척하지는 않겠지?!"

"당신 말야, 당신은 자신을 지켜주는 게 당연하다는 식으로 이야기하고 있는데, 나는 그런 성격의 녀석을 지켜주기 위해 목숨을 걸 만큼 인격자가 아니야.

알았어?"

나의 다그침에 그는 잠시 침묵하더니….

"……. 알았다…."

씁쓸한 어조로 중얼거렸다.

"그럼… 정식으로 내 호위를 부탁하고 싶군.

물론 의뢰비도 지불하겠다. 그럼 불만은 없겠지?"

"그렇다면야…."

말하고 나서 나는 고개를 끄덕였다.

사실 이 녀석이 이런 성격이 아니었다면… 혹은 이 녀석이 배포한 전단의 내 특징란에 '가슴이 작다'는 한마디가 없었다면 무보

수로 의뢰를 맡을 수도 있었다.

뭐… 즈마가 쓴 편지에도 그렇게 되어 있긴 했지만….

즈마, 이 녀석! 용서 못 한다!

나는 여전히 뒤쪽에 서 있는 집사를, 그리고 들어온 뒤부터 지금까지 계속 시시하다는 표정으로 벽에 기댄 채 우리들의 행동을 지켜보고 있던 청년을 힐끔 쳐다보고 말했다.

"그런데 저기 있는 분은?"

"집사 랄타크와 아들 아벨이다.

그리고 보니 그쪽도 멤버가 한 사람 다른 것 같은데?"

"아, 좀 사정이 있어서.

이쪽은 제로스라는 수상한 신관이에요."

내 소개에 싱글거리며 살짝 인사하는 제로스.

"현시점에선 일단 안전하니까 그리 신경 쓰지 마시길."

러독은 조금 얼굴이 굳어지더니,

"그 소개로 어떻게 신경을 안 쓸 수가 있지…?

뭐, 좋아. 어쨌거나 오늘부터 당장 여기에 묵으면서 내 경호를 맡아주게."

"뭐, 쉽게 말해 그렇게 된 거야."

내가 일의 경과에 대한 설명을 마친 것은 창 밖으로 보이는 하늘이 어둑어둑해졌을 무렵이었다.

베젠디 시티의 슬럼가.

분명히 말해 별로 질이 안 좋아 보이는 곳에 제르가디스는 여관을 잡아두고 있었다.

　방 안은 벽도, 천장도 램프의 그을음으로 지저분했고 바닥은 걸으면 삐걱거렸다. 독실이라 좋긴 하지만 꽤 좁아서 나, 가우리, 제르, 아멜리아 네 사람이 들어가면 제대로 앉을 장소조차 없었다.

　제로스가 말한 '돈만 주면 묵게 해주는 여관'인 듯했지만 이런 방으로 보통 여관의 곱절에 가까운 요금이니까 거의… 아니, 완전히 사기였다.

　뭐, 여관에 대한 험담은 일단 접어두고.

　그후.

　러독과 의뢰비에 대한 이야기를 마무리하고, 일단 제르에게도 보고하기 위해 제로스를 제외한 일동이 밖으로 나가보니 이미 그곳에서는 제르가 기다리고 있었다.

　함께 일을 하지 않겠느냐고 권유해보긴 했지만 함께 생활하다 보면 아무래도 사람들 앞에 얼굴을 드러내게 되니 싫다고 해서 어쩔 수 없이 일단 그가 잡은 여관으로 향했다.

　"하지만 괜찮겠어?"

　내 이야기를 다 듣고 제르는 중얼거렸다.

　"괜찮다니, 뭐가?"

　"그 러독이라는 남자…. 일단은 의뢰주잖아. 그 녀석을 내버려 두고 이런 곳에서 놀고 있어도."

　"아, 그거라면 괜찮아."

나는 살랑살랑 손을 흔들고,

"즈마 녀석, 아마 그 사람보다 나를 먼저 노릴 테고 집에는 제로 스도 남겨두고 왔으니까.

그리고 네가 묵고 있는 곳을 모르면 이쪽에서 연락하고 싶은 일 이 생겨도 어떻게 할 수 없고 말야."

"그렇군…."

제르는 작게 중얼거렸다.

"그럼 슬슬 돌아가도록 할게."

말하고 나서 나는 앉아 있던 딱딱한 침대에서 일어섰다.

"너무 늦어지면 러독이 이것저것 잔소리를 할 테니…."

"그렇군."

말하면서 가우리도 기대고 있던 벽에서 등을 뗐다.

"그리고 무엇보다… 곧 저녁 먹을 시간이니까."

"그리 기대하지 않는 편이 좋을지도 몰라."

나는 문에 손을 가져가며 말했다.

"우리들에게 별로 좋은 감정이 없는 모양이니… 최악의 경우, 어쩌면 같은 테이블에 앉혀놓고 우리들에게만 형편없는 식사를 제공할지도 몰라."

바보 같은 소리를 지껄이면서 나는 문을 열고 복도로 나갔….

"왜 그래요? 리나?"

"응…. 뭔가 조금…."

뒤에서 들려온 아멜리아의 목소리에 나는 모호하게 대답했다.

—무언가 이상한 위화감이 잠깐 들었는데 역시 내 기분 탓이었을까…?

　나, 가우리, 아멜리아 세 사람을 따라 제르까지도 얼굴을 가린 채 방을 나섰다.

　"배웅해주려고?"

　"아니, 아래층에 가서 밥 좀 먹으려고."

　아항….

　이런 여관이 늘 그렇듯이, 이곳 역시 1층이 술집 겸 음식점, 2층부터 위쪽이 여관이었다.

　뭐… 질이 이 모양이니 제르가 불쌍하긴 해도 식사의 맛은 기대하지 못하겠지만….

　"하지만 제르가 있고 없고에 따라 꽤 전력 차이가 큰데…."

　인기척이 없는 어둡고 긴 복도를 걸으면서 나는 뒤에 있는 제르에게 말했다.

　"맞다, 제르! 너 피리 같은 거 가지고 있지 않아?"

　"피리…?"

　의아한 목소리로 되묻는 제르.

　"그래. 어딘가에서 내가 불면 네가 어디선가 나타나서 도와주는 그런 물건."

　"너… 혹시 날 '편리한 마법 도구의 일종'이라고 생각하고 있지 않아…?"

　"생각하고 있어."

후우….

제르가디스는 깊디깊은 한숨을 쉬고 뒤쪽에서 가우리의 어깨에 손을 탁 얹더니,

"너… 잘도 이런 녀석과 함께 여행을 하고 있구나…."

"아, 난 참을성이 많거든."

우쭐댈 일이 아니잖아…, 가우리.

그런 말들을 나누면서 이윽고 일행은 계단을 내려와서….

그 자리에서 전원이 경직되었다.

어둠침침하고 청소가 제대로 되어 있는지 어떤지도 알 수 없는 가게 안.

즐비하게 놓인 조잡한 나무 테이블들.

거기까진 좋았다.

하지만 사람 모습이 한 명도 보이지 않는 건?!

"뭐야…? 이게…."

"우리들의 결계지…."

중얼거리는 가우리의 말에 대답한 것은 낯선 여자의 목소리였다.

가게 안…. 어둠이 가장 짙은 곳.

사람 키 정도의 높이에 하얀 물체가 둥실 떠 있었다.

주위의 어둠이 일렁였다.

길고 흐트러진 검은색 머리.

검은색 로브 차림에 조금 상체를 앞쪽으로 기울이며 흐느적흐

느적 한 발 앞으로 나온 그 여자(?)에겐 얼굴이 없었다.

익사체처럼 희고 미끈미끈한 그 얼굴에는 눈도, 코도 없었고 그 저 붉은 입만이 크게 웃는 듯한 형태로 새겨져 있었다.

"마족?!"

무심코 중얼거린 아멜리아의 목소리에 녀석은 늙은 여성의 목소리로 말했다.

"구두자라 불러주지 않겠나…? 계단 위에 있는 사람은 듀그르드고…."

그 말을 듣고 놀라 돌아보니 대체 언제부터 그곳에 있었는지 우리들이 방금 내려온 계단 위에 검은 그림자 하나가 우뚝 서 있었다.

이상한 디자인의 검은 망토와 무슨 센스인지는 모르겠지만 챙이 달린 모자를 쓰고 있었다.

얼굴은 머리카락 한 올 없는 그저 새카맣고 딱딱한 달걀 모양.

그 녀석은 내 시선을 깨닫자 오른손으로 모자의 챙을 살짝 내려 인사를 했다.

이상한 센스를 갖고 있긴 했지만 아무래도 얕볼 수 있는 상대는 아닌 것 같았다.

"그런데 마족 따위가 대체 무슨 용건이지?"

구두자 쪽을 향해 나는 물었다.

"내 부름에 부응했을 뿐이지."

낯익은 그 목소리는 입구 쪽에서 났다.

―설마?!

끼… 끼긱….

삐걱거리는 소리를 내며 입구가 열렸다.

"그들은 나의 옛 친구다…."

어둡게 물든 하늘을 배경으로 그는 조용히 서 있었다.

망토가 바람에 검게 나부꼈다.

예전과 조금 디자인이 달라졌지만 얼굴을 덮은 터번 아래쪽에
는 역시 새하얀 악마의 가면.

―세이그람.

2. 베젠디, 지금 싸움의 막이 올랐다

그랬다.

그곳에 서 있는 인물은 틀림없이 전에 한 번 자웅을 겨루었던 마족 세이그람이었다.

그때에는 간신히 이겼지만 결국 숨통을 끊지 못한 채 놓치고 말았다.

즈마만으로도 넌덜머리가 나는데 이 녀석까지 부활하다니….

"오랜만이군."

세이그람은 말하면서 성큼 다가왔다.

우리들 쪽을 향해서.

"좋아 보이는구나…. 우리에겐 성가신 일이지만…."

가우리가 들고 있는 빛의 검의 일격을 버텨낼 정도의 힘은 가지고 있었지만 그 대미지는 꽤 컸을 것이다. 부활하기까지 상당한 시간이 필요할 거라 생각하고 있었는데….

아무래도 의외로 질긴 녀석이었던 것 같다.

하지만 이쪽도 파워업을 하기도 했고, 만약 세이그람의 회복이 불완전하다면 쉽게 이기지… 는 못해도 결코 이기지 못할 싸움은 아니었다.

"지난번에 진 빚을 갚으러 왔다."

조용한 어조로 말하는 세이그람.

"그래서 일부러 동료들까지 데리고 온 거야?"

"우리들은 조연에 불과하지."

내 말에 대한 대답은 계단 위에서 들려왔다.

듀그르드인가 하는 그 이상한 센스의 마족이었다.

모자를 오른손으로 만지작거리면서,

"너와 거기 있는 금발 남자만은 자기 손으로 해치우고 싶다더군. 나와 구두자는 나머지 것들을 해치우는 셈이지."

"호오."

제르의 눈썹이 꿈틀거렸다.

"건방진 소릴 하는군, 하급 마족 따위가."

"발끈하지 마라, 키메라 녀석."

아아! 제르가 가장 싫어하는 말을!

"뭐라고…?"

제르의 말에 살기가 어렸다.

"다시 한번 말해봐라."

"발끈하지 말라고 했다, 애송아."

갑자기 불꽃이 튀었다….

"그렇다면… 내 상대는 너로구나!"

말하고 나서 아멜리아는 가게 안쪽에 서 있는 구두자를 척! 가리켰다.

"크흣…. 인간이 내는 단말마의 고통… 오랫동안 먹어보지 못했군…."

기분 나쁜 소리를 주절거리면서 구두자는 새빨간 입을 씨익 벌렸다.

"이야기는 끝난 것 같군."

말하고 나서 세이그람은 천천히 양손을 좌우로 벌렸다.

"그럼 시작해볼까?"

그 손에 마력의 빛이 서렸다!

지금….

마족의 결계를 무대로 사투가 시작되었다!

"후웃!"

듀그르드가 도약했다. 계단 위에서 제르를 향해!

제르는 등에 짊어진 브로드 소드를 뽑아 들고 속으로 주문을 외우기 시작했다.

―그가 들고 있는 브로드 소드는 좋은 검이긴 하지만 평범한 검에 불과했다. 본질이 아스트랄(정신세계)의 존재인 마족에겐 대미지를 입히기는커녕 견제에도 쓰지 못할 것이다.

그것은 제르도 알고 있을 텐데….

"간다!"

망토를 펄럭이며 강하한 듀그르드는 오른손을 제르에게 뻗었다.

순간 그 손끝에 생겨난 여러 개의 작은 덩어리들이 제르를 향해 날아갔다!

황급히 물러나는 제르.

팟!

작고 낮은 소리를 내며 어둠의 덩어리들은 제르의 발치 나무 바닥에 작은 구멍을 뚫었다.

거의 동시에 제르의 주문이 완성되었다.

"아스트랄 바인[魔皇靈斬]."

힘 있는 말을 그가 해방함과 동시에 들고 있던 브로드 소드의 칼날이 희미하게 붉은 광채를 내뿜었다.

—이건?!

"아니?!"

소리를 지르며 공중에서 황급히 몸을 트는 듀그르드.

제르가 도약했다!

바닥을 박차고 공중에 있는 마족을 향해 쳐올리듯 브로드 소드로 일격을 가했다!

—탁.

두 사람이 착지한 것은 거의 동시였다.

"제법이군, 생각보다는."

조용한 어조로 말하는 듀그르드. 그가 두르고 있는 망토는 쫘악 찢어져 있었다.

마족의 경우 그것도 몸의 일부인 걸로 아는데.

얼굴 없는 마족이 망토를 펄럭 뒤집자….

망토의 찢어진 부분이 스윽 사라졌다.

"찌꺼기 취급했던 건 취소하겠다…. 그렇군. 평범한 검에 마력을 불어넣은 건가…? 처음 봤어, 그런 기술은."

그랬다.

대체 언제 어디서 배웠는지 제르가 쓴 그 기술은 방금 듀그르드가 말한 대로 마력을 검에 불어넣는 기술이었다.

이거라면 검을 매개로 마력을 직접 상대에게 행사할 수 있을 것이다.

위력의 정도까진 알 수 없었지만 이제 마족에 대한 대항 수단을 갖추게 되었다.

"자… 그럼 나도 조금은 진지하게 상대해야겠군."

말하는 듀그르드의 주위에 십여 개에 달하는 어둠의 덩어리들이 생겨났다.

"간다!"

속으로 주문을 외우면서 아멜리아는 구두자를 향해 돌진했다!

무기가 없는 네가 달려들면 어떡해?!

"크흐흐…. 네 쪽에서 와주는 거냐…."

머리카락을 출렁거리며 구두자 역시 아멜리아를 향해 마주 달려갔다.

아멜리아의 주문이 완성되었다.

동시에 바닥에 드리운 구두자의 그림자가 스윽 하고 아멜리아를 향해 크게 펼쳐졌다.

황급히 몸을 피하려고 하는 아멜리아.

하지만 간발의 차이로 그림자가 그녀의 발치에 도달했다!

휘청.

"?!"

소리 없는 비명을 지르며 아멜리아의 몸이 한순간 흔들리더니 그대로 그 자리에 경직되었다!

구두자의 그림자가 만들어낸 기술이었다. 아마 섀도 스냅처럼 상대의 움직임을 아스트랄 사이드에서 속박하고 있는 것이리라….

"시시하군…. 금방 갈기갈기 찢어주마."

구두자가 단숨에 아멜리아와의 거리를 좁혔다.

검은 머리카락을 출렁거리면서….

"에르메키아 란스[烈閃槍]!"

가까운 곳까지 다가오자 아멜리아는 완성된 주문을 해방했다!

상대의 정신에 직접 대미지를 주는 술법이었다. 맞으면 아무리 마족이라고 해도 무사하진 못할 것이다.

하지만!

"멍청한 녀석…."

마족은 작게 중얼거리더니 살짝 몸을 틀었다.

이런! 이게 빗나가면 아멜리아가 다음 주문을 외울 시간이 부족하다!

하지만 그녀가 쏜 마력의 화살은 구두자의 옆을 스쳐 지나가고 있었다….

"브레이크!"

그 순간 아멜리아가 소리를 질렀다!

—아?!

동시에 그녀가 쏜 에르메키아 란스가 구두자의 바로 옆에서 폭발했다!

"우왁?!"

마력의 파편이 전신에 쏟아지자 비명을 지르며 뒤로 물러나는 구두자.

술법의 집중이 깨졌는지 바닥에 드리운 그림자가 사라져서 아멜리아는 다시 움직일 수 있게 되었다.

지금 아멜리아가 사용한 것은 본래대로라면 직진밖에 못 하는 에르메키아 란스를 원하는 장소에서 폭발시키는, 이른바 응용 버전이었다. 주문의 의미와 원리를 정확하게 이해하고 파악하고 있다면 이런 일도 가능했다.

하지만 술법이 확산되는 만큼 위력은 본래의 것에 비해 꽤 약했다. 구두자의 입장에선 아마 조금 뜨거운 샤워기 물을 갑자기 뒤집어쓴 정도의 타격밖에 입지 않았을 것이다.

좀 전에는 단지 허를 찔려서 놀라 물러난 것에 불과했다.

"큭… 인간 계집애 주제에 건방진 짓을!"

증오가 섞인 목소리로 중얼거리는 구두자. 일단 다음 주문을 외우는 아멜리아.

조금씩 구두자가 간격을 좁혔다.

그리고….

나와 가우리 역시 싸움을 개시했다.

듀그르드가 도약하고 아멜리아가 돌진한 그 순간….

"후웃!"

세이그람이 양손에 만들어진 두 개의 마력광을 우리들 쪽으로 집어 던졌다!

나는 주문을 외우면서 옆으로 크게 몸을 날려 피했고, 가우리는….

정면으로 날아오는 마력광을 향해 돌진했다!

빛이 그에게 명중하기 바로 직전.

"빛이여!"

가우리가 외쳤다!

칼날이 제거된 롱 소드의 칼자루에서 빛나는 빛의 칼날이 생겨났다!

이것이 바로 가진 이의 의지력을 구현해서 마족조차 베어버리는 빛의 검!

"핫!"

한칼에 가우리의 빛의 검은 날아오는 마력광을 베어냈다!

직! 지직!

듣기 거북한 소리와 함께 세이그람이 쏜 마력 구슬은 너무나 쉽게 흩어졌다.

가우리는 그대로 세이그람을 향해 돌진했다!

내가 에르메키아 란스 주문을 다 외운 것은 바로 그때였다.

하지만 지금은 발동시키기가 아직 일렀다.

세이그람에겐 어둠을 조종해서 공간을 이동하는 능력이 있었다. 지금 발동시킨다면 내 술법도, 그리고 가우리의 공격도 가볍게 피해버릴 것이다.

따라서 일단 가우리의 공격을 기다린 후 세이그람이 모습을 감추고 다시 나타는 순간을 노려 내 술법을 해방하는 것이 상책!

가우리가 빛의 검을 치켜들었다!

그리고 세이그람은….

도약?!

내 예상을 가볍게 배신하고 세이그람은 위쪽으로 크게 도약해서 가우리의 일격을 피해냈다.

거의 동시에 양손에 다시 마력의 구슬을 만들어내더니….

그대로 밑에 있는 가우리를 향해 집어 던졌다!

"우왓?!"

황급히 베어내는 가우리. 다시 빛이 흩어졌다.

그가 두 번째로 베어냈을 때 세이그람은 그의 바로 옆에 내려서고 있었다.

가우리가 빛의 검으로 방어 자세를 취하기도 전에….

"우욱!"

세이그람의 발차기가 정확히 가우리의 배에 작렬했다.

—이 녀석… 빠르다!

가우리의 몸이 크게 뒤로 날아갔다.

동시에 나는 다 외운 에르메키아 란스를 세이그람 쪽으로 해방했다!

하지만 흰 가면의 마족은 왼손에 만들어낸 마력광으로 내 주문을 여유만만하게 격추시켰다.

"으… 큭….""

건너편에서 가우리가 몸을 일으켰다.

아무래도 얻어맞는 순간, 뒤쪽으로 도약해서 위력을 죽인 모양이었다.

"전력으로 싸우고 있는 거 맞나?"

변함없는 말투로 묻는 세이그람.

"만약 그렇다면… 약해졌군."

—말도 안 돼.

회복이 불완전, 정도의 이야기가 아니었다.

세이그람은 전에 싸웠을 때보다 훨씬 강해져 있었다.

"덤벼라! 애송아!"

듀그르드가 조소 섞인 소리를 질렀다.

"그럼 원하는 대로!"

외치면서 달려가는 제르가디스.

"하나!"

듀그르드가 뒤쪽으로 물러나면서 소리를 질렀다.

그에 응해 마족을 둘러싸고 있는 어둠의 덩어리 하나가 제르를 향해 날아갔다.

하지만 제르의 마력이 담긴 브로드 소드는 그것을 가볍게 베어냈다.

"호오?! 그럼… 둘!"

궤도와 타이밍을 약간 바꾸어서 날린 어둠의 덩어리들을 역시 손쉽게 베어내는 제르가디스.

"그럼… 셋!"

하지만 그것들도 같은 운명을 맞이했다.

듀그르드의 등이 벽에 닿았다.

이제 뒤쪽으로 도망치는 것은 무리!

마족이 다음 카운트를 하기도 전에….

제르의 주문이 완성되었다!

"고즈 부 로[冥壞屍]!"

바닥에 만들어진 검은 그림자가 듀그르드를 향해 돌진했다!

이것이 명중하면 아스트랄 사이드에서 대미지를 입힐 수 있지만….

"제법이군!"

외침과 동시에 남겨진 어둠의 덩어리들 모두가 다가오는 고즈부 로의 검은 그림자를 향해 쏟아졌다.

파직!

검고 작은 플라스마가 일더니 서로의 기술이 소멸했다.

그대로 제르가디스가 돌진했다!

듀그르드를 지킬 수 있는 것은 이제 아무것도 없었다!

제르가 크게 브로드 소드를 치켜들었다.

부웅….

그 순간 벌레 날갯짓 소리와 비슷한 소리를 내며 듀그르드의 몸이 등에서부터 벽에 녹아 사라졌다!

"아니?!"

경악하며 소리를 지르는 제르.

콰직!

필살의 일격은 허무하게 나무 벽에 박혔을 뿐이었다.

"위험했다, 위험했어. 죽는 줄 알았군."

놀리는 듯한 목소리는 제르의 뒤쪽에서 들려왔다.

검을 뽑고 황급히 돌아보니 바닥에서 솟아오르고 있는 듀그르드의 모습.

주위를 둘러싼 결계 덕분인지, 아니면 듀그르드의 능력인지는 모르겠지만 꽤 쓸 만한 기술을 발휘하는 녀석이었다.

모자 챙을 오른손으로 가볍게 눌러쓰더니,

"마력검과 동시에 그런 기술을 쓸 줄이야."

말과 동시에 다시 듀그르드의 주위에 어둠의 덩어리들이 생겨났다.

"그렇다면… 너무 가지고 노는 것도 위험하겠군."

"헛소리 마라!"

제르가디스는 외치면서 돌진했다.

듀그르드는 이번엔 그 자리에서 움직이지 않고 어둠의 덩어리들을 일제히 제르에게 날렸다!

"칫!"

날아오는 덩어리들을 베어내면서 개의치 않고 돌진하는 제르가디스.

"큭!"

베어내지 못한 덩어리 하나가 그의 왼쪽 어깨에 명중했다.

계속해서 다른 하나가 그의 오른쪽 다리를 스쳤다.

"치잇!"

한순간 휘청거리면서도 개의치 않고 돌진하는 제르가디스.

그리고….

푸욱!

제르가디스의 브로드 소드가 듀그르드의 몸을 꿰뚫었다!

"크아아아아아악!"

마족의 비명이 울려 퍼졌다.

"샤아아악!"

구두자가 단숨에 아멜리아와의 거리를 좁혔다!

좌아악!

마족의 검고 긴 머리카락이 그녀를 향해 뻗어온 그 순간.

아멜리아 역시 구두자를 향해 달리고 있었다!

두 사람의 거리가 단숨에 좁혀졌다!

마족을 향해 아멜리아가 왼손을 뻗었다.

순간….

그 왼손에 구두자의 머리카락이 휘감겼다!

우직!

무딘 소리가 울려 퍼졌다.

구두자의 웃음이 커졌다.

하지만 아멜리아는 비명을 지르는 대신 오른쪽 주먹을 마족의 배에 꽂았다!

"에르메키아 란스!"

동시에 주문을 해방!

"으아악!"

비명을 지르며 뒤로 물러서는 마족. 물론 머리카락은 아멜리아에게서 풀린 상태였다.

"너… 너…."

증오와 고통이 섞인 목소리로 말하는 구두자.

이번 공격으로 죽지는 않았지만 역시 충격은 꽤 컸던 모양이었다.

　―하지만 이번 공방으로 아멜리아도 왼손이 부러졌다.

"제정신이냐?! 자신의 왼손을 희생하다니?!"

"이렇게라도 하지 않으면 이길 수 없잖아요…."

자신만만한 미소를 띠며 말하는 아멜리아.

물론 아프지 않을 리 없었다.

그 증거로 그녀의 이마에는 땀이 조금 맺혀 있었다.

"그렇군…. 내가 잘못 생각했어…."

구두자는 작게 중얼거렸다.

아멜리아도 다음 주문을 외우기 시작했다.

"가지고 놀다가 죽이면서 공포와 고통을 먹으려고 했는데…….
그럴 여유를 부릴 만한 상대는 아닌 것 같군…."

말이 끝나자마자….

구두자가 바닥에 드리운 자신의 그림자에 양손을 갖다댔다.

쑤욱….

그 손이 손목 부근까지 그림자 속으로 녹아들었다.

움찔!

동시에 아멜리아의 몸이 작게 떨렸다.

그녀의 발치.

아멜리아 자신의 그림자에서 생겨난 구두자의 양손이 그녀의
두 발목을 덥석 잡고 있었다.

하지만 그럼에도 주문을 계속 외우는 그녀.

"크흐흐… 온몸을 박살 내주마…."

중얼거리는 구두자의 검은 머리카락이 마치 무수한 생물처럼 꿈틀꿈틀 움직이더니 크게 뻗었다.

그것이 바닥에 닿은 순간 역시 아멜리아의 그림자 속에서 하늘거리는 머리카락이 뻗어 나왔다.

머리카락은 아멜리아의 발을 감고 올라가더니….

갑자기 움직임을 멈추었다

"꼬마 계집애! 그 기술은?!"

그제야 구두자는 눈치챈 모양이었다.

아멜리아가 외우고 있던 술법이 무엇이었는지.

—라 틸트[崩靈裂].

정령마법 최강의 공격력을 자랑하는 술법으로 적 한 명에게밖에 효과가 없지만 아스트랄 사이드에서 대미지를 입히는 까닭에 구두자 정도의 마족이라면 일격에 쓰러뜨릴 수 있을 만한 힘이 있었다.

덧붙여 말하자면 아무리 마족이라도 이 기술을 피하기는 어려웠다.

한순간 당황하는 구두자.

망설이고 있는 것이다.

자신의 머리카락이 아멜리아를 죽이는 것이 빠를지, 아니면 그녀의 라 틸트가 자신을 소멸시키는 것이 빠를지.

마족은 아무래도 후자로 파악한 듯했다.

"칫!"

양손과 머리카락을 아멜리아에게서 떼고 그림자 속에서 뽑아냈다.

새하얀 그 얼굴이 갑자기 검어지더니 이윽고 몸과 같은 색깔이 되었다.

도망칠 생각인가?!

하지만 그 순간 아멜리아의 주문이 완성되었다!

"라 틸트!"

쾅!

푸른 불기둥이 구두자의 몸을 감쌌다!

비명조차 지르지 못한 채 구두자의 몸은 빛 속으로 흩어졌다.

"미안하군."

자신만만한 미소까지 띠며 가우리는 다시 빛의 검으로 자세를 취했다.

"너의 패턴이 예전에 싸웠을 때와 너무 달라서 말이지, 조금 놀랐을 뿐이야."

이봐… 가우리… 지금 그런 큰소리나 칠 때가 아니야….

승산은 있는 거야? 승산은?

이곳이 황야의 한복판이라면 거리를 벌린 후에 드래곤 슬레이브라도 날려줄 수 있겠지만 주위에 가우리나 제르가디스 등도 있고 어쨌거나 이곳은 마을 한복판.

아마 이공간인지 뭔지겠지만 마족들이 친 이 결계가 어떤 구조인지는 몰라도 여기서 드래곤 슬레이브를 날리면 현실 세계에 영향이 미칠 수도 있었다.

그렇다면 너무 무분별하게 기술을 쓸 수는 없었다.

결국 나는 작은 기술로 옆에서 견제하는 게 고작일 것이다……. 가능한 한 가우리가 맞지 않도록 조심하면서.

어쩔 수 없이 나는 다시 에르메키아 란스를 외우기 시작했다.

그리고 가우리가 질주했다!

동시에 세이그람도 천천히 앞으로 나왔다.

방금 가우리가 말한 대로 확실히 세이그람의 전투 패턴은 예전과 달랐다.

예전의 녀석이라면 그 자리에서 움직이지 않고 상대를 유인한 후 타이밍을 살펴 공간을 이동해서 뜻밖의 방향에서 공격을 가했을 것이다.

―혹시?

내 머릿속에 그 순간 문득 어느 생각이 떠올랐다.

세이그람의 회복은 역시 불완전했던 것이 아닐까? 그 때문에 공간 이동 능력을 쓰지 않는 것이 아니라 쓰지 못하는?

내가 그런 생각을 하고 있을 때 가우리와 세이그람이 부딪쳤다.

"후욱!"

기합소리와 함께 비스듬하게 검을 휘두른 가우리.

세이그람은―피하지 않았다!

파직!

빛인지 마력인지를 흩뿌리고 빛의 검의 움직임이 멈추었다!

세이그람이 오른손에 만든 마력덩어리로 빛의 칼날을 막아냈던 것이다!

동시에 마족이 오른발을 가우리의 배로 뻗었다!

"칫!"

즉각 가우리도 다리를 써서 마족의 발길질을 막아냈다.

스윽.

세이그람은 유연한 동작으로 손과 발을 거두고 한 발짝 뒤로 후퇴했다.

기세를 이기지 못한 가우리가 빛의 검을 내리쳤다.

그때를 노려 다시 전진하는 세이그람.

가우리를 향해 뻗은 왼손에 마력의 빛이 만들어졌다!

그 왼팔을 노려 이번엔 가우리가 쳐올리듯 빛의 검을 휘둘렀다!

하지만!

그 움직임을 예상하고 있었는지 세이그람은 몸을 반회전시켜 오른손에 있는 마력 구슬로 빛의 검의 도신을 아래쪽으로 쳐올렸다!

동시에 왼손을 가우리에게 뻗었다….

파직!

날카로운 소리와 함께 세이그람이 왼손에 만든 마력의 빛이 소멸했다!

내가 쏜 에르메키아 란스가 명중했던 것이다.

동시에 크게 뒤로 물러나는 가우리와 세이그람.

사실 방금 내 에르메키아 란스는 세이그람의 몸을 노리고 쏜 것이었는데…

두 사람의 공방 속도를 따라가지 못하고 조금 조준이 빗나갔다.

뭐, 가우리에게 맞지 않은 것만으로도 다행이라고 생각할 수밖에 없나.

하지만….

세이그람의 움직임은 예전에 비해 훨씬 빨랐다.

접근전에서 가우리와 거의 대등하게 싸울 수 있다니….

솔직히 말해 섣불리 옆에서 끼어들 수 없었다.

그간 함께 행동한 덕분인지 최근 가우리의 움직임을 그럭저럭 볼 수 있게 되기는 했지만 아직 완전치는 않았다.

섣불리 끼어들면 가우리에게 기술이 맞을 수도 있었다.

…스슥…

가우리, 그리고 세이그람.

두 사람은 조금씩 그 거리를 다시 좁혀갔다.

듀그르드의 비명이 희미한 여운을 남기고 사라졌다.

작게 미소를 띠는 제르.

하지만.

"어땠어? 내 연기가."

여유 있는 목소리가 브로드 소드에 배를 찔린 마족의 입에서 나왔다.

"?!"

제르가 경악한 표정을 지은 순간.

쾅!

두 사람 사이에 마력이 작렬했다.

소리조차 지르지 못하고 날아가는 제르가디스.

콰직!

그대로 가까이 있는 테이블에 부딪쳤다!

"경솔했구나, 애송아."

쓰러진 제르를 향해 듀그르드는 모자의 챙을 조금 눌러쓰고 말했다.

브로드 소드는 아직 배에 꽂혀 있는 상태였다.

"눈치 못 챘느냐…? 내 어둠의 덩어리들이 네가 검에 불어넣은 마력을 빼앗았다는 것을.

─마력이 빠진 철 막대기 따윈 아무리 몸을 관통한다 해도 소용 없어."

말하고 나서 자신의 배에서 브로드 소드를 대충 뽑아 들고 시시하다는 듯 내던지더니 제르에게 등을 돌리고 이번엔 아멜리아가 있는 곳으로 걸어갔다.

"그… 그랬군…."

작게 제르가디스의 몸이 움직였다.

듀그르드의 발이 멈추었다.

"호오."

재미있다는 듯 중얼거리더니 듀그르드는 어깨 너머로 돌아보았다.

마침 겨우 몸을 일으킨 제르가 나뒹굴고 있는 브로드 소드를 줍고 있던 참이었다. 하지만 방금의 대미지가 꽤 컸던 듯 제르의 다리는 후들거리고 있었다.

"확실히… 좀 전에는 내가 좀 경솔했다…."

그래도 아직 입가에 미소를 띠고 제르가디스는 다시 검을 고쳐 쥐었다.

"흠…."

듀그르드도 그가 있는 쪽으로 몸을 돌렸다.

"나도 좀 경솔했군, 도련님.

힘 조절에서 실패했어.

보통 인간이라면 방금 그 일격으로 확실히 죽었을 텐데….

네 몸의 강도를 고려하지 못했다.

이번엔…."

그리고 다시.

"봐주지 않겠다."

듀그르드의 주위에 다시 무수한 어둠의 덩어리들이 생겨났다.

이윽고 푸른 마력의 불기둥이 사라졌다.

그곳에 이미 구두자의 모습은 없었다.

후우….

아멜리아는 작게 한숨을 쉬었다.

하지만 그 순간.

콰앙!

마력의 충격파를 정통으로 얻어맞고 그녀는 그대로 날아갔다!

"아악!"

벽에 부딪쳐서 그대로 바닥에 쓰러졌다.

술법을 쏜 것은… 구두자.

그 새하얀 얼굴만이 사람의 얼굴 위치에 둥실 떠올라 있었다.

"크흐…. 방금 그건 좀 셌지…?"

말하는 구두자의 얼굴에서 어둠이 스멀스멀 뻗어 나왔다.

그것은 순식간에 다시 머리카락과 몸을 만들어냈다.

"으… 큭…."

아멜리아는 작게 신음 소리를 내며 쓰러진 채 그 시선만을 구두자에게 돌렸다.

"꽤 성가신 기술로 보이기에… 정신체의 껍질만을 미끼로 남겨두고 사라져보았지. 거기에 넌 완전히 걸려들었고….

결국 너희들 인간이 쓰는 술법 따윈 우리 마족이 마음만 먹으면 못 막을 것 없다는 소리야."

다시 머리카락을 나풀거리며 구두자는 천천히 아멜리아에게 다가갔다.

"자… 그럼 죽여주마…."

구두자의 새빨간 입이 웃는 형태를 만들었다.

그리고 다시….

가우리와 세이그람이 부딪쳤다.

틈틈이 제르가디스와 아멜리아 쪽을 보고는 있었지만 아무리 좋게 봐줘도 유리한 상황이라곤 할 수 없었다.

제르도 어둠의 덩어리를 맞은 왼쪽 어깨가 피로 물들어 있었고 아멜리아는 쓰러진 채 움직이지 못하고 있었다.

―어떡하지? 어떡해야 하지?

아멜리아와 제르를 도우러 가야 할까?

아니, 그런다고 사태가 호전될까?

그렇다면 마족이 친 이 결계를 깨뜨려볼까?

하지만 깨뜨린다고 해서, 뭐, 달라지는 게 있을까?

이 결계는 아무래도 우리들을 그저 현실 세계로부터 격리시키기 위한 것인 듯했다.

독기고 뭐고 없는 걸로 봐서 마족들의 파워업에 쓰이고 있는 것은 아니었고, 그렇다고 해서 우리들의 능력 저하에 쓰이고 있는 것도 아니었다.

여기서 이 결계를 깨뜨려서 현실 세계로 돌아간다고 해도 관계

없는 사람들을 쓸데없이 끌어들일 뿐이다.

잠깐…?

거기까지 생각하다가 문득 나는 어떤 사실을 깨달았다.

그렇다면 왜 마족들은 굳이 이런 결계를 친 걸까?!

전에 싸운 마족 중에 상관없는 사람들을 끌어들이지 않으려는 녀석이 있었는데… 혹시…?

어쨌거나 이 결계는 깨뜨려볼 만한 가치가 있는 것 같았다.

일단 다 외운 에르메키아 란스를 구두자에게 쏘았다.

"아니?!"

사각(死角)에서 쏜 것이었지만 구두자는 작게 소리를 지르면서 내 에르메키아 란스를 피하고 내 쪽을 돌아보았다.

아… 맞다.

사각이고 뭐고 원래 이 녀석은 눈 같은 게 없었지.

어쨌거나 마족이 이쪽을 돌아봤을 때 나는 증폭의 주문을 외우기 시작하고 있었다.

목 부분과 벨트 버클, 그리고 두 손목에 차고 있는 사각의 탤리스먼이 희미하고 무딘 광채를 냈다.

"데몬 블러드[魔血玉]?!"

놀라서 소리를 지르는 구두자.

이 탤리스먼은 전에 제로스에게서 구입한 물건인데 놀랍게도 술자의 마력 용량을 증폭시키는 가능성을 가지고 있었다.

증폭 주문을 외우는 만큼 시간이 더 걸리지만 주문 효력은 엄청나게 상승했다.

"증폭술인가?! 그런 기술을 쓰게 놔둘 순 없지!"

외치면서 구두자는 나를 향해 돌진했다!

과연 주문을 제때 완성할 수 있을까?!

"손대지 마라! 구두자!"

구두자의 움직임을 제지한 것은 세이그람의 목소리였다.

"그렇게 약속하지 않았나?"

"하지만… 세이그람….”

구두자가 말하는 도중에 내 주문이 완성되었다!

"플로 브레이크[崩魔陳]!"

방을 에워싼 육방성의 정점 위치에 켜진 빛이 눈부신 광채를 주위에 내뿜었다!

그리고….

웅성웅성….

빛이 사라진 뒤에 사람들의 술렁임이 돌아왔다.

테이블에 앉아 있는 험악한 형씨들. 이미 거나하게 취한 아저씨. 테이블에 요리를 나르는 주인장.

그 시선이 일제히 우리들에게 쏟아졌다.

그들의 눈으로 보기에는 우리들이 갑자기 이 자리에 출현한 것처럼 보였을 것이다.

물론 세이그람을 비롯한 세 마리의 마족도 이곳에 출현한 상태였다.

"칫!"

작게 혀를 차는 세이그람.

한순간에 생긴 동요를 놓치지 않고 가우리가 위쪽으로 베었다!

오른손에 만든 마력덩어리로 아슬아슬하게 공격을 막아내는 세이그람.

하지만 그 순간.

가우리는 세이그람의 옆을 지나치면서 빛의 칼날과 마력덩어리와의 접점을 축으로 삼아 검을 뒤집어 칼자루로 세이그람의 흰 가면을 가격했다!

우직!

단단한 것이 깨지는 소리.

"크악!"

세이그람은 소리를 지르며 오른손으로 얼굴의 가면을 가린 채 크게 뒤로 물러났다.

"후퇴한다! 구두자! 듀그르드!"

"칫. 한창 좋을 때에."

"어쩔 수 없군…."

세 마족은 몸을 돌려 가게 문을 통해 밖으로 뛰쳐나갔다.

아직까지 사태를 이해하지 못한 사람들의 웅성거림만을 뒤에 남긴 채.

물론 우리들은 그 자리에서 움직이지 않았다.

섣불리 뒤를 쫓다간 반격을 당할 것이 뻔했고, 무엇보다도 쓰러

진 채 움직이지 않는 아멜리아를 내버려둘 수는 없었다.

"아멜리아!"

나는 그녀에게 달려갔다.

"괜… 찮아… 요."

괴로운 표정으로 근거 없는 허세를 부리는 아멜리아.

"무리하지 말라니깐."

말하면서 그녀를 조심조심 안아 일으켰다.

왼팔이 부러진 것 외에 외상은 없는 듯했지만 마력 충격파의 타격은 꽤 컸던 모양이다.

"괜찮아요…. 지금… 주문을 외울 테니까…."

말하고 나서 아멜리아는 주문을 중얼거리기 시작했다.

―리서렉션[復活].

회복 계열 최대의 술법이었다. 그렇다면 역시 결코 적은 대미지는 아니었던 듯하다.

"어때?"

말하면서 걸어오는 제르가디스. 이쪽도 다리가 조금 후들거리고 있었다.

"스스로 회복 주문을 걸고 있어.

제르, 너도 이쪽으로 와. 어깨에 난 상처를 치료해줄 테니까."

비어 있는 쪽으로 손짓하는 나에게 그는 고개를 젓더니,

"아니. 이 정도는 스스로 치료할 수 있어."

"치료할 수 있다니…. 제르, 너 회복 주문도 쓸 수 있었어?"

"리커버리[治療] 정도라면. 얼마 전에 저 녀석에게 배웠지."

아멜리아를 가리키며 그렇게 말하더니 속으로 주문을 외우기 시작했다.

"저기… 너희들….'

가게 주인으로 보이는 사람이 머뭇머뭇거리면서 우리들에게 말을 걸었다.

"대체 뭐가 어떻게 된 거지? 갑자기 아무것도 없는 곳에서 나왔는데…. 그리고 방금 밖으로 나간 그 녀석들은…?"

"뭐… 이것저것 좀 복잡한 사정이 있어서요…."

나는 말끝을 흐릴 수밖에 없었다.

나와 가우리 그리고 아멜리아 세 사람이 러독 란자드의 집으로 돌아온 것은 완전히 날이 저문 후의 일이었다.

제르는 혼자 그 여관에 묵기로 했다.

"정말 괜찮아? 아멜리아?"

"괜찮아요!"

그녀는 상처와 함께 기력도 회복한 듯 손가락으로 브이 자를 그리면서 말했다.

"이번엔 상대의 능력을 제대로 알지 못해서 당했지만 다음에 만나면 그날이 바로 악이 사라지는 날이에요!"

그런 말들을 나누면서 우리들은 란자드 저택의 문으로 들어갔다.

집 안으로 들어서자….

"하지만 당신도 힘드시겠군요. 핫핫핫."

"아뇨, 아뇨. 이것도 다 주인을 모시는 자의 숙명인걸요."

제로스와 노인이 나누는 가벼운 이야기 소리가 들려왔다.

소리가 나는 방을 힐끔 들여다보니 그 랄타크 씨인가 하는 집사와 체스를 두면서 싱글벙글 담소하는 제로스의 모습이 보였다.

울컥.

괜스레 화가 났다.

이 녀석… 남은 죽을 둥 말 둥 싸웠는데 태평스럽게 체스나 두고 있어…?

"야! 제로스!"

나는 무심코 소리를 질렀다.

"아, 어서 와요, 여러분."

여느 때와 다름없는 미소를 띠며 싱글거리는 목소리로 말했다.

울컥울컥!

"'어서 와요'가 아니야! 우리가 얼마나 죽을 고생을 한 줄 알아?!"

"헤에."

변함없는 어조로 맞장구를 치면서 체스 말을 움직인다.

헤에… 라니, 너….

"이걸로 체크… 로군요."

"음…. 역시 못 당하겠군요, 제로스 님에겐."

중얼거리며 떫은 표정을 짓는 랄타크 씨.

"아뇨. 핫핫핫."

핫핫핫… 이라니, 너….

"으아아아아아아! 우리는 죽을 고생을 하고 왔는데 뭐가 좋아서 껄껄대는 거야! 너!!"

"다른 사람을 야단칠 처지가 아닐 거라 생각하는데?"

갑자기 목소리는 뒤쪽에서 났다.

"뭐라고오오?"

내가 홱 돌아보자 아벨인가 하는 러독의 아들이 복도 반대편에서 있었다.

"하지만 그렇잖아? 아버지의 호위를 맡은 주제에 멋대로 싸돌아다니고 말야.

밖에서 무슨 일이 있었는지 모르겠지만 멋대로 외출해서 멋대로 말썽을 일으켜놓고 어디서 동료에게 화풀이야?"

으…!

나는 한순간 말문이 막혔다.

확실히 아벨의 눈으로 보기엔 그럴지도 몰랐다….

하지만 일방적으로 매도당하고 끝나면 리나 인버스가 아니다!

"제로스에겐 인권이 없으니까 괜찮아!"

당당하게 단언하는 나.

뒤쪽에서 가우리와 아멜리아가 뒤집어졌다.

당사자인 제로스는 무반응.

"그리고! 처음에 분명히 설명했잖아! 즈마 녀석은 분명 네 아버지보다 날 먼저 노릴 거라고!

아니면 넌 그곳에 있었으면서 전혀 내 말을 안 들었던 거야?!"

내 말에 아벨은 문득 당혹감인지 불안감인지 알 수 없는 복잡한 표정을 짓더니,

"밖에서 일어난 말썽이란 게… 혹시 그 즈마라는 암살자와…?"

"아니…."

한순간 거짓말을 할까도 생각했지만 역시 나는 솔직히 대답했다.

"그래. 아니었군, 역시."

의기양양하게 말하는 아벨.

한껏 거만한 자세로 머리카락을 쓸어 올리더니,

"애당초 그 즈마라는 암살자가 정말 아버지와 너를 노리는 게 맞아?"

"무슨 뜻이지?"

"즉, 아버지에게 도착한 그 편지가 정말로 즈마인가 하는 암살자가 쓴 게 맞느냐 하는 거야.

잘 생각해보면…

돈이 궁한 해결사가 아버지의 성격을 만만하게 보고 '즈마'라는 이름으로 가짜 편지를 보냈다고도… 생각할 수 있어.

자기들을 고용하라고 이름을 적어서 말이지."

울컥!

"잠깐, 너! 그건….."

"잠깐만요, 리나."

내 말을 가로막은 것은 아멜리아였다.

아벨 쪽을 날카롭게 노려보더니,

"그건 다시 말해 우리들더러 나가라는 소리인가요?"

아멜리아와 내 시선에도 동요하지 않고 아벨은 작게 코웃음을 치더니,

"나는 꽤 섬세하거든. 해결사 따위가 같은 집에서 먹고 잔다는 사실만으로도 불쾌해."

울컥 울컥 울컥 울컥!

뭐어어어어어가 '섬세하다는 거야! 이래서 부잣집 아들놈들은!!

"뭐, 나로선 솔직히 얼른 나가주었으면 하는데."

"그런 행동은 용인 못 한다!"

목소리는 러독의 것이었다.

복도 저편에서 성큼성큼 이쪽으로 걸어왔다.

"아버지!"

아벨이 무심코 소리를 질렀다.

"어째서죠?! 방금 제 이야기를 들었잖아요?! 이 녀석들은 단순한 사기꾼일지도 몰라요!"

"만약 사기꾼이 아니라 진짜라면 넌 어떡할 테냐?"

"하지만….."

"에잇! 닥쳐라! 아벨!"

아버지의 호통에 찍소리도 못 하고 침묵하는 아벨.

좋아, 아저씨! 좀 더 혼내주라고!

내 내심의 응원을 아는지 모르는지 러독은 이번엔 힐끔 내 쪽으로 시선을 돌렸다.

"너희들도 마찬가지야. 오늘처럼 멋대로 밖에 싸돌아다니면 곤란해. 최소한 내 허가 정도는 맡고 나갔으면 좋겠군."

"멋대로… 라뇨? 분명 집사 랄타크 씨에게 '나갔다 오겠다'고 전해달라고 부탁했는데…."

"들었어! 하지만 난 허가한 기억이 없다!"

이 녀석은….

"저기 말이죠, 아까도 설명했다시피 즈마 녀석은…."

"노린다면 널 먼저 노린다고 말하고 싶은 거겠지! 그런 건 알고 있어! 하지만 내가 말하고 싶은 것은, 실질적으로 어찌 됐건 난 돈을 지불하고 너희들을 고용한 입장이야! 내 허가도 없이 멋대로 이 집 밖으로 나가는 것은 허락 못 해!"

이것 역시 호통이었다.

울컥 울컥 울컥 울컥 울컥 울컥 울컥 울컥 울컥 울컥 울컥 울컥 울컥 울컥 울컥 울컥 울컥!

"뭐, 좋아! 오늘은 처음이라 봐주겠다! 일단 식사가 준비됐으니 나중에 사람을 시켜 안내하도록 하지.

가자! 아벨!"

내가 뭐라 반문할 틈도 없이.

일방적으로 쏟아붓더니 냉큼 복도 안쪽으로 사라지고 말았다.

"뭐야, 뭐야! 뭐냐고! 대체 그 녀석들의 그 태도는?!"

마치 원수를 대하듯 혼신의 힘을 기울여 양고기 스테이크를 썰면서 나는 말했다.

그후 가정부 한 사람이 우리들을 작은 식당으로 안내했다.

다행히 러독과 아벨과는 다른 방. 그쪽도 우리들이 싫은 모양이었지만 이쪽도 그런 녀석들과 얼굴을 마주한 채 식사를 할 생각은 눈곱만큼도 없었다.

식사는 그런대로 괜찮게 나왔지만 그걸로 화가 진정될 리는 없었다.

일단 제로스에게 대충 상황을 설명한 후 나는 푸념을 시작했다.

지금 이 식당에 있는 것은 제로스를 포함한 우리 네 사람뿐. 그걸 기회로 나는 계속해서 험담을 퍼부었다.

"지켜주는 입장이라는 걸 강조하고 싶은 생각은 없어! 하지만 그래도 그 태도는 좀 아니지 않아?!"

"뭐, 자신의 목숨을 누군가가 노리고 있다고 하니 좀 혼란스러운 거겠죠."

왠지 냉정한 어조로 말하는 아멜리아.

"알고 있어! 그런 건!"

나는 말했다.

"세이그람이 공격한 건 졸부 러독이나 건방진 졸부 아들 아벨과는 상관없는 일이기도 하고!"

"알면 된 거 아냐."

선명한 녹색을 유지한 채 삶은 브로콜리를 씹으면서 역시 태연하게 말하는 가우리.

"물론 그 부자를 호인이라 할 수는 없겠지만. 그렇다고 이런 곳에서 소리쳐봤자 어떻게 되는 것도 아니잖아?"

"그것도 알고 있어! 나는 그저 이렇게 스트레스를 해소하고 있을 뿐이야!"

말하고 나서 브로콜리를 포크로 쿡 찔렀다.

"이봐, 이봐…."

"뭐, 그 심정이 이해가 안 되는 바는 아니지만요."

무슨 이유에선지 스튜에 들어 있는 당근을 나이프와 포크로 썰면서 제로스가 조용한 어조로 말했다.

"아까 대충 들은 이야기에 따르면 세이그람이든 즈마든, 직접 관련된 인물은 리나 씨와 가우리 씨뿐입니다. 아멜리아 씨든 제르가디스 씨든 직접적인 관련은 없지요.

그럼에도 두 사람을 이런 형태로 말려들게 하고 게다가 목숨이 위태로운 지경까지 내몰고 말았습니다.

―뭐, 리나 씨 입장에선 그런 미안한 마음이 있어도 부끄러워서 스스로 말은 못 하겠고,

그래서 일단 그 스트레스를 이런 식으로 해소하고 있는 거겠지

요."

본인 입으로 냉정하게 분석하지 마….

나는 도끼눈으로 제로스를 바라보았다.

"너… 설마 날 착한 사람으로 보고 있는 거야?"

"전혀요."

싱글거리는 얼굴로 힘차게 부정했다.

아니…, 그렇게 딱 부러지게 말하지 않아도….

"하지만 동료에겐 그런 의리를 지키고 싶어하는 사람인 것 같아서 말이죠, 당신은."

우….

대놓고 말하는 소리를 듣자 말문이 막히는 나.

여기서 발끈해서 부정하는 것도 무언가 이상하고….

─잠시 동안 식기 부딪치는 소리만이 실내에 울려 퍼졌다.

"아, 맞다, 가우리."

나는 문득 떠올리고 말했다.

예전부터 생각만 있었을 뿐, 지금까지 말 못 하고 어물쩍거리고 있었던 건데….

"음? 뭔데?"

곁들여진 파스타를 먹으면서 그가 말했다.

"저기… 오늘 밤 나한테 시간 좀 내."

말이 끝나자마자.

"오오! 리나! 대담해요!"

"와, 드디어 봄이 왔군요."

제각각 떠들어대는 아멜리아와 제로스.

"자…?! 잠깐! 그런 의미가 아니고! 야…! 가우리! 넌 왜 얼굴이 빨개지는 거야!"

"아니…. 하지만… 그게….'

"그게 아니고…! 검 연습을 좀 하고 싶으니 시간 좀 내달라는 거야!"

"쳇…."

"괜히 기대했군요."

실망한 기색이 역력한 어조로 중얼거리는 아멜리아와 제로스.

"하지만 갑자기 너답지 않게 웬 검술 연습?"

"뭐, 나도 '노력'이니 '근성' 같은 건 상당히 싫어하는 편이지만…."

나는 머리를 긁적이며 말했다.

"즈마의 움직임을 따라잡지 못하니까 가우리가 싸우는 동안 옆에서 지켜보기만 해야 하는데 그러자니 좀 허무하고, 그렇다고 정면으로 붙어서 깨지면 이야기가 안 되잖아…."

"뭐… 그건 그렇군요…."

닭다리를 뜯으면서 제로스가 건성으로 말했다.

"수련을 해서 나쁠 것은 없고…. 무엇보다… 그 정도 녀석을… 혼자서 해치우지 못하면 곤란합니다…."

"뭐, 노력은 해볼게."

대답하고 나는 감자튀김을 입안에 넣었다.

다음 날.

나와 가우리 두 사람은 다시 마을로 나갔다.

물론 이번엔 러독 아저씨에게서 외출 허가를 받고.

온갖 싫은 소리를 해대기에 결국 제로스와 아멜리아는 남겨두고 왔지만….

오늘의 용건은 다름이 아니라 얼마 전에 즈마에게 박살 난 숄더 가드를 구입하는 것이었다.

왠지 최근 계속해서 장비가 박살 나는 것 같은데…?

솔직히 수리를 하고 싶었지만 이 숄더 가드는 세이룬에서 산 것이었다. 이 근처에선 재료는 둘째치고, 고칠 수 있는 솜씨를 가진 사람조차 아마 없을 것이다.

마을 규모 자체는 그럭저럭 컸지만 이 베젠디가 있는 칼마트 공국의 특성인지 마법 관련 시설은 별로 없었다.

실제로 마을 사람들에게서 들은 이야기에 따르면 이런 것을 취급하는 가게는 이 마을에는 한 곳뿐이라고 하고.

"글쎄요…. 우리 집에선 수리가 불가능할 것 같은데…."

그 한 곳밖에 없는 마법 도구점.

척 보기에도 마법과 별로 인연이 없어 보이는 아줌마는 수리가 가능하냐고 묻는 내게 예상대로의 대답을 해주었다.

역시 이 방면의 전문가라기보다는 단순한 상인인 듯했다.

그래도 내가 건넨 망가진 숄더 가드를 세심하게 살펴보더니,

"이런 재질은 요 근처 대장간에선 다룬 적이 없네요.

—그리고 보니 전에도 있었지요. 역시 당신처럼 마법사로 보이는 사람이 가슴 갑주를 수리해달라고 하더군요.

그때에는 뭣도 모르고 맡았지요. 근처 대장간이 해보겠다고 해서 부탁했는데 망가진 부분을 납과 철판으로 때워버렸더라고요.

손님분은 '이렇게 무거운 걸 어떻게 입으라는 거야! 돈 못 줘!'라고 하더군요.

그때에는 얼마나 난감했는지…."

당연히 화낼 만 했네… 손님이.

"뭐, 이건 수리보단 오른쪽 부분만 새 걸로 교체하는 편이 나을 것 같네요. 수리하는 것보다 교체하는 게 싼 건 아니지만 고치려고 하면 세이룬까지 보내야 하니 말이죠….

빨리 완성된다 해도 두세 달이고, 수리비에 운송료까지 드니까 돈이 꽤 많이 들어요."

"으흠…. 역시…."

말하고 나서 나는 팔짱을 꼈다.

내가 이것저것 이야기를 나누고 있는 동안 가우리는 가게에 전시된 마법 도구들을 어린애가 장난감을 보는 것과 같은 눈으로 진귀한 것이라도 되는 양 바라보고 있었다.

"그런데 당신 여행자죠? 이 근처에선 못 보던 얼굴인데."

"예, 맞아요."

"그럼 좀 불친절하게 들릴지도 모르지만 세이룬까지 가서 수리를 맡기는 편이 가격도, 시간도 훨씬 적게 들 거예요."

"그야 그렇지만요… 그럴 형편이 못 되어서요."

나는 쓴웃음을 지었다.

"전 지금 이 마을의 러독이라는 사람에게 고용되어 있어서…."

"아아! 알아요, 알아."

아줌마는 알겠다는 듯 고개를 끄덕이더니,

"당신이었나? 러독 씨가 찾던 사람이…. 이름이 리나 양이라고 했던가요?"

"예."

"와, 그렇군요. 러독 씨 댁이라면 분명 대우도 좋겠지요?"

"……."

"아… 뭐, 그렇죠…."

나는 모호하게 맞장구를 쳤다.

대체 그 험악한 분위기가 뭐가 좋단 말이야?

그런 내 생각을 아는지 모르는지 아줌마는 개의치 않고 이야기를 계속했다.

"선대 어른은 장사는 잘하는 사람이었지만… 그리 인정이 많은 사람은 아니었지요….

그에 비해 러독 씨는 싹싹하고 마음씨 좋은 사람이에요…. 물론 선대 어른만 한 장사 수완은 없고 취미로 이곳저곳 여행을 다니거나 여러 가지 놀이를 하긴 해요. 그래서 뒤에서 그 사람을 밥벌레

라 부르는 사람도 있긴 하죠.

하지만 아무리 돈이 많다고 해도 마음씨가 안 좋으면 다 소용없어요. 당신은 그렇게 생각 안 해요?"

"뭐… 그건 그렇네요…."

아… 안 돼!

이대로 아줌마의 페이스에 끌려가다간 그대로 수다의 늪에 빠지고 만다!

"어쨌거나 그 러독 씨로부터 일을 맡게 되었는데요…."

아줌마의 말투에 맞추어 '씨'를 붙여 부르면서 나는 간신히 이야기의 궤도를 수정했다.

"어디서 문제가 생길지 모르니 자세한 내용은 말할 수 없지만 여하튼 호위를 부탁받았어요.

그런 이유로 그렇게 느긋하게 기다릴 수는 없네요….

기왕지사 이렇게 된 거 큰맘 먹고 새 걸로 교체하도록 하죠!"

"그래요? 그럼…."

아줌마는 잠시 생각하더니,

"마력이 담긴 숄더 가드라고 했죠? 재고가 여러 개 있긴 한데…
….

라자 드래곤의 뼈를 깎아 만든 것이라든지…."

"헤에."

무심코 소리를 지르는 나.

라자 드래곤의 뼈를 깎아 만든 방어구는 가볍고 튼튼하다는 평판이었지만 그 원료가 되는 라자 드래곤을 최근 거의 볼 수 없게 되어 지금은 어디를 가든 재고가 없었다. 가지고 있는 녀석은 물론 있었지만 애당초 팔 생각은 없는 듯 대개 엄청난 가격을 매겼다.

그것이 이런 곳에 있었을 줄이야….

"하지만… 비싸지요? 그거?"

"그렇진 않아요. 지금까지 열 명쯤 되는 사람의 손을 거쳤는데 그 사람들이 다들 의문의 죽음을 당했으니 싸게 해드리죠."

"됐어요…."

팔지 마… 그런 건….

"그래요? 그럼 주얼스 애뮬릿을 박은 가죽 제품도 있고 와이번의 날개를 덧대어 만든 것도 있는데…."

으음….

별로 맘에 드는 물건이 없다….

뭐, 배부른 소릴 할 만한 상황은 아니지만….

"아, 맞다."

아줌마는 손을 탁 치더니,

"얼마 전에 여행자 중 한 사람이 사달라고 가져온 게 하나 있긴 한데…. 재질은 모르겠지만 한번 볼래요?"

"예."

이렇게 된 바에야 뭐든 좋았다.

"어디 보자…. 그러니까…."

아줌마는 잠시 가게 안쪽에서 뒤적거리더니,

"이거예요."

말하면서 가져온 것은 검은색 숄더 가드.

재질은 전에 쓰던 큰 거북이의 등껍질을 깎아 만든 것과 비슷했지만 감촉 등이 미묘하게 달랐다.

광택이 없는 검은색 바탕에 금테. 좌우로 하나씩 박혀 있는 주얼스 애뮬릿.

장식은 별로 없었지만 들어보니 의외로 가벼웠고 꼼꼼하게 만들어져 있었으며 무엇보다도 튼튼해 보였다.

정체는 알 수 없었지만 가죽을 덧댄 물건이나 저주받은 숄더 가드보다는 나을 것이다.

"이거… 비싼가요?"

내 물음에 아줌마는 설레설레 손을 휘젓더니,

"아뇨. 재질도 알 수 없고 비싸게 사들인 것도 아니니 그렇게 많이는 안 받을게요."

좋았어!

나의 감은 이것이 틀림없는 진흙 속의 진주라는 걸 말해주고 있었다!

하지만 여기서 노골적으로 갖고 싶어하는 태도를 보이면 바가지를 씌울 것이 눈에 선했다.

"으흠… 가죽보다는 좋아 보이지만… 재질을 알 수 없다는 게 조금 기분이 나쁘네요…."

이리하여….

나와 아줌마의 줄다리기가 시작되었다!

"와, 좋은 물건 샀다."

생각보다 꽤 싼 가격에 숄더 가드를 구입한 나는 희희낙락한 얼굴로 가게를 나섰다.

지친 얼굴의 가우리와 함께.

"왜 그래? 가우리. 지친 얼굴로."

"아니…, 널 괜히 따라왔다 싶어 후회하고 있을 뿐이야…."

"아, 뭐, 가우리에게는 마법 도구 같은 건 봐봤자 별로 재미없었겠지."

"아니…. 그런 의미가 아니고…."

─후우….

가우리는 크게 한숨을 쉬고 석양에 물든 거리를 바라보았다.

아….

확실히 가격 흥정과 세상 사는 이야기 등으로 쪼오오오끔 이야기를 많이 한 것 같기도 하다….

"뭐… 뭐, 그건 그렇고 어떡할래? 제르한테 들렀다 갈까?"

"아니, 그럴 필요는 없을 것 같아. 특별히 달라진 것도 없고. 그리고 너무 귀가가 늦어지면 또 한소리 들을 테니."

"그건 그렇네….

아, 저녁 먹은 후에 오늘도 검술 지도 부탁해."

"응…. 아, 맞다. 갑자기 해줄 말이 떠올랐는데, 너, 정면에서 오는 공격을 피할 때 대개 왼쪽으로 피하는 적이 많지? 그 버릇은 고치는 편이 좋을 거야."

음…?

"그런가?"

"응."

말하고 나서 고개를 끄덕이는 가우리.

뭐, 본인이 눈치채지 못하니까 '버릇'이라 부르는 거겠지만.

오늘은 조금 의식하고 피해봐야겠다.

"뭐, 어쨌거나 힘내보자고!"

괜히 설쳐대는 게 아니었다….

란자드가의 2층에 있는 나에게 할당된 방.

지친 몸으로 침대에 누워 나는 조금 근성 없는 생각을 하고 있었다.

확실히 가우리가 저녁에 말한 대로였다.

새삼 의식해보니 확실히 나는 왼쪽으로 피하는 경우가 많았다.

그렇다고 의식하고 피하면 곧바로 몸이 움직이지 않았다.

가우리가 연습용으로 쓰는 무기는 탄성이 좋은 가느다란 나무 막대기였는데 이것이 철썩철썩철썩철썩 잘도 와서 때렸다.

…아니, 조금도 재미는 없었다만.

게다가 여느 때와 달리 피하려고 의식한 탓에 쓸데없이 힘이 들어갔는지, 막상 훈련이 끝나고 보니 여기저기 근육이 땅기지 않는 곳이 없었다.

연습이 끝난 후 욕실에 들어가 욕조에서 몸을 풀기는 했지만…….

분명 내일은 근육통으로 시달릴 것 같다….

그런 생각을 하면서 나는 여러 번 몸을 뒤척이다가.

문득.

침대에서 일어나서 망토를 걸치고 검을 들었다.

—언젠가 느꼈던 것과 마찬가지로 예감인지 위화감인지 알 수 없는 느낌.

그 정체를 난 알고 있었다.

"있지? 거기에."

나는 창을 향해 말했다.

그리고 잠시간의 침묵.

"있고말고. 여기에."

즈마의 목소리 역시 창 밖에서 들려왔다.

3. 결전의 각오를 굳힌 이 여행길

번쩍!

은색 빛이 번뜩이더니 창의 잠금쇠가 허무하게 잘려나갔다.

끼익….

창이 작은 소리를 내며 열리더니…,

빛나는 보름달을 등지고 밤하늘에 떠오른 그림자 하나.

—데자뷔.

"왔어. 네 바람대로."

말하면서 나는 검을 뽑았다. 하지만….

"지연작전에 말려들 생각은 없다."

말하면서 창틀에 손을 가져갔다.

—칫! 눈치챈 건가?!

그럼!

"아멜리아!"

소리를 지르면서 나는 크게 왼쪽으로 도약했다. 동시에.

"가브 플레어[魔龍烈火砲]!"

콰광!

붉은 빛이 지금까지 누워 있던 침대와 창을 불태웠다!

하지만 즈마는 간발의 차로 불꽃을 피해 창가에 내려섰다.

"오랜만이구나!"

암살자를 척 가리키고 아멜리아는 소리 높이 외쳤다.

"이럴 줄 알고 리나의 침대 밑에 숨어 있었다!"

그랬다. 러독은 우리들에게 각각 하나씩 방을 할당해주었지만 제일 먼저 표적이 될 것은 아마도 나.

그걸 예상한 아멜리아가 몰래 내 방에 묵기로 한 것이다.

―그렇긴 해도….

"이미 알고 있었던 모양이야, 저 녀석."

"……."

아멜리아는 내 말에 한순간 침묵했다.

뭐, 즈마 정도의 실력자라면 창문 밖에서 기척으로 안에 있는 사람 수 정도는 확인했을 터.

그 덕분에 아멜리아의 방금 전 일격도 피할 수 있었을 것이다.

"그건 둘째치고!"

마음을 고쳐 잡고 말하는 그녀.

"요전번엔 방심해서 당했지만 이번엔 그렇게 안 될걸?!"

홋….

즈마가 작게 웃었다.

그 순간 암살자가 나를 향해 땅을 박찼다!

반사적으로 물러서려 하는 발을 제지하며 나는 그 자리에 멈춰

섰다.

더 이상 아멜리아에게 의지해서 폐를 끼칠 수는 없었다!

새로 산 검의 성능과 가우리가 돌봐준 특훈의 성과를 이곳에서
….

채앵!

나와 즈마가 엇갈린 그 순간, 새로 산 쇼트 소드가 허망하게 부
러졌다.

으아아아아! 스스로 생각해도 너무 한심하다!

역시 싸구려 검으론 무린가?!

엇갈릴 때 즈마의 발차기를 피하기는 했지만 그것도 움직임을
간파한 것이 아니라 그럴 거라고 예상한 덕분이었다.

직후 즈마가 내 목을 향해 왼손을 뻗었다!

이런!

몸을 뒤로 젖히면서 간신히 피했다. 목 언저리로 서늘한 바람이
지나갔다.

부러진 쇼트 소드를 즈마에게 집어 던져서 견제를 한 다음, 겨
우 태세를 바로잡고 나는 주문을 외우기 시작했다.

"담 브라스[振動彈]!"

옆에서 아멜리아가 쏜 주문을 즈마는 도약해서 가볍게 피했다.

그대로 즈마에게 돌진하는 그녀.

이번에는 무시할 수 없었는지 즈마도 그녀 쪽으로 몸을 돌렸다.

하지만 이 싸움은 명백히 아멜리아가 불리했다. 속도만이라면 즈마에게 그리 밀리지 않았지만 힘과 기술에서 차이가 너무 컸다.

여기선 어떻게든 해야!

"라이팅!"

내가 쏜 라이팅을 암살자는 가볍게 몸을 틀어 피했다.

하지만!

방금 쏜 '라이팅'은 눈을 멀게 할 목적으로 쏜 것이 아니었다!

마력의 빛은 즈마의 옆을 지나쳐서 천장 근처에 달라붙더니 환하게 주위를 비추었다.

바닥에 그림자가 드리웠다.

그래.

내가 노린 것은 바로 이것이었다.

바닥에 드리운 즈마의 그림자에 '섀도 스냅'을 걸어서 움직임을 봉인한 다음 공격한다!

하지만….

내가 섀도 스냅의 주문을 다 외우기도 전에….

쿵쿵쿵!

문을 두드리는 격렬한 소리가 났다.

"왜 그래?! 리나! 무슨 일이야?!"

들려온 것은 가우리의 목소리.

뭐, 이렇게 소란을 피웠으니 누구든 눈치챘겠지만….

"무슨 일이냐?!"

"수상한 자인가?!"

"러독 님은 무사하신가?! 누가 보고 와라!"

"누가 밖으로 가서 순시병을 불러와라!"

하인들의 목소리도 들려왔다.

"칫!"

오래 있으면 좋지 않다는 걸 깨달았는지 작게 혀를 차고 즈마는 몸을 돌렸다.

"기다려!"

뒤쫓는 아멜리아를 무시하고 즈마는 창을 통해 밤의 어둠 속으로 몸을 날렸다.

쾅!

거의 동시에 방문이 박살 나며 가우리가 방 안으로 뛰어들었다.

"무사해?!"

"응…. 나도, 아멜리아도."

대답하고 나는 깊은 한숨을 쉬었다.

"그래서?! 그 녀석을 그대로 놓쳤단 말이냐?!"

가운에 슬리퍼 차림의 러독은 여전히 화난 목소리로 우리들에게 호통쳤다.

뭐, 그 심정이 이해가 안 되는 바는 아니었다….

아멜리아의 술법 연타로 창문은 박살 났고 벽에는 구멍이 뚫렸으며 문 역시 가우리에게 박살 났으니….

"이것도 다 그 암살자의 짓이에요!"

"거짓말 마!"

나의 필살 '책임 전가'를 러독은 딱 잘라 거짓말이라고 단정해 버렸다.

한순간 말문이 막히는 나.

하지만 여기서 침묵하고 있으면 지는 것이다.

"무… 무슨 근거로 거짓말이라고 단정하는 거죠?!"

"그건…! 만약 암살자가 벽을 부술 수 있는 술법을 쓸 수 있었다면 어째서 안에 있는 너희들을 밖에서 통째로 날려버리지 않은 거지?!"

"즈마라는 암살자는 그런 타입의 녀석이 아니라니깐요!"

이 말은 사실이었다.

프로 의식인지 뭔지는 모르겠지만 어쨌거나 그 암살자는 명백히 자신의 '손'으로 나를 죽이고 싶어했다.

"어째서 그런 걸 알 수 있지?!"

하지만 러독은 계속해서 따졌다.

"그리고 그 암살자가 그런 수단을 좋아하지 않는다면 어째서 녀석은 좋아하지도 않는 술법을 쓴 거냐?!"

으!

"무엇보다도 결국 그 녀석을 놓친 것에 변함은 없잖아! 원 참! 호위한답시고 의뢰비는 잔뜩 받지, 집은 부수지, 암살자는 놓치지, 나로선 불평을 안 하려야 안 할 수가 없어!"

"그러니까 이런 녀석들은 내쫓는 게 좋다고 말했잖아요, 아버지."

갑자기 옆에서 끼어든 것은 어느 틈에 왔는지 그의 망나니 아들 아벨이었다.

"잘 생각해보면 아까 그 소란도 거기 있는 둘의 자작극일 가능성이 커요.

냉큼 내쫓는 편이…."

"닥쳐라!"

나와 아멜리아가 뭐라 하기도 전에 외친 것은 러독이었다.

"전에도 말했을 텐데?! 이 녀석들이 단순한 사기꾼이라면 돈을 약간 잃는 것으로 끝나지만 그렇지 않다면 내 목숨이 위태롭단 말이다!"

"만약 그게 사실이라면 더더욱 그 녀석들을 내쫓는 편이 좋아요!"

이번엔 지지 않고 아벨도 받아쳤다.

"그 뭐시기인가 하는 암살자는 아버지보다 저 여자를 먼저 노릴 거 아녜요!

그러니까 더욱 저 녀석들을 내쫓는 편이 좋죠! 그렇게 하면 그 암살자도 저 녀석들을 뒤쫓아 어딘가로 갈 겁니다!"

"그럼 나보고 평생 올지 안 올지도 모르는 암살자를 겁내면서 살라는 거냐?

비록 그것이 어떤 형태가 되었든 이 눈으로 결말을 보지 않으면

두 발 뻗고 잘 수도 없어!"

그건 그랬다….

사람은 눈에 보이는 공포에는 익숙해질 수 있지만, 보이지 않는 공포에는 오랫동안 버틸 수 없는 법이다.

그런 까닭에 그 보이지 않는 것의 정체를 밝히려고 하거나, 보이지 않는 것의 존재를 필사적으로 부정하게 된다.

하지만 즈마라는 죽음의 공포가 현실의 것인 이상, 러독으로선 '없었던 일로 한다!'로 끝낼 수 없었다.

그로선 우리들이 녀석을 해치우면 다행이고, 만약 오히려 내가 즈마에게 당한다면 당장 다음 수단을 택해야 했다.

그러기 위해선 우리들을 자신의 눈이 닿는 곳에 잡아둘 필요가 있었다.

하지만… 그렇다고 하면….

우리 역시 냉큼 즈마와 결판을 내지 않으면 언제까지고 이 성질 고약한 부자 싸움에 말려들게 된다는 말인데.

"하지만! 이런 소란이 매번 일어난다면 그거야말로 참지 못할 일이에요!"

"음… 그건 그렇지만….'

아벨의 말에 러독은 잠시 침묵하더니,

"어쨌거나 내쫓는다는 생각만큼은 절대 찬성 못 해! 알았지?"

말을 끝내고 그대로 성큼성큼 걸어갔다.

"제기랄….'

얼마 후 아벨도 작은 한숨을 내쉬고 그 자리를 떠났다.

뒤에 남은 것은 나와 가우리, 아멜리아, 그리고 달려온 하인들.

"너무 신경 쓰지 마요."

그렇게 말한 것은 조금 뚱뚱한 하인 아줌마였다. 분명 부엌 어딘가에서 한두 번 본 적이 있는 것 같다.

"주인어른도, 도련님도 누군가가 주인님의 목숨을 노린다고 하니 신경이 예민해지신 거예요. 여느 때엔 사이좋은 부자지간인데…."

"정말요…?"

아멜리아가 어처구니없다는 표정으로 말했다.

확실히 좀 전의 그 분위기를 보면 그렇게는 안 보이지만….

"그렇고말고요. 주인어른은 마님이 돌아가신 후 혼자서 도련님을 키우셨는데…."

으아아아! 나왔다! 필살 아줌마 수다!

사람 좋아 보이는 아줌마이긴 하지만 잠자코 듣고 있으면 분명 날이 샐 때까지 이야기를 계속 할 거다.

"그럼 더욱 그 두 사람을 위해서라도!"

한순간의 틈을 찔러 나는 끼어들었다.

"한시라도 빨리 그 암살자를 어떻게든 해야 해요!

그러니까! 저기… 아, 맞다! 암살자가 있으면 분명 암살을 의뢰한 사람이 있을 거예요! 짚이는 사람 없나요?"

아줌마는 잠시 생각하더니,

"글쎄요…. 주인어른은 누구의 원한을 살 만한 분이 아니어서…. 하지만 세상에는 이상한 사람도 많으니 어딘가에서 앙심을 품은 사람이 있을지도 모르겠네요…. 거래가 잘 안 되었다고 죽이려 드는 녀석이 있을지도 모르고요. 만약 그렇다면 전에 이곳에서 실수를 저지르고 해고된 레자크라는 사람이 있었는데… 그 녀석도 꽤 수상하다고 생각해요.

아! 어쩌면 선대 어른에게 원한을 품었을지도 모르겠군요! 선대 어른은 수완가셨지만 꽤 악독한 면이 있었으니까…. 그분에게 앙심을 품은 녀석들은 분명 많을 거예요! 가령 바르옴 씨는 지금은 이 마을 제일가는 상인이지만 선대 어른에겐 매번 뒤처졌거든요. 그리고…."

—이리하여.

내 부주의한 한 마디에 아줌마의 증언인지 수다인지는 날이 밝을 때까지 계속되었다….

다음 날….

탐문을 구실로 우리들이 밖으로 나간 것은 점심나절이 지난 후였다.

어제… 아니, 오늘 아침인가? 아줌마의 이야기를 다 듣고 아침을 먹은 후 점심나절까지 잤던 것이다.

죽는 줄 알았다…, 정말.

러독의 집에 있어봤자 무언가 사태가 변하는 것도 아니고 그저 불평과 부자 싸움만이 충만할 뿐이었다.

그런 까닭에 제로스를 제외한 세 사람은 탐문이라는 명목으로 러독의 허가를 얻어 마을로 나온 것이다.

뭐, 실제로 탐문을 하기도 했지만….

그리고 부러진 쇼트 소드 구입.

이쪽은 명검이라곤 할 수 없지만 그럭저럭 괜찮은 물건을 구입했다.

아아…, 지출만이 늘어간다….

"그래서? 어떻게 됐어? 탐문은."

지금까지의 경위 설명을 마친 내게 제르가 물었다.

우리 세 사람이 제르가디스가 묵고 있는 여관을 찾은 것은 해가 기울기 시작할 무렵이었다.

이번 회의 장소는 여관 1층에 있는 음식점. 주위에 드문드문 사람들이 있었기에 누군가에게 이야기가 들릴 위험이 있었지만 지난번처럼 이상한 공간에 갇혀서 습격을 받는 것보다는 나았다.

네 사람은 가게 구석 테이블에 진을 치고 한창 회의 중이었다.

"이렇다 할 만한 건 없어, 솔직히."

나는 침울한 얼굴로 말했다.

"그 집안은 지금의 러독 란자드 대에 와서 기울기 시작했어. 뭐, 완전히 기운 건 아니지만.

그런 이유로 경쟁 상대였던 상인들도 다들 러독 대에 와서 장사하기 수월해졌다고 말하고 있고, 선대 주인에게 앙심을 품었던 사람도 물론 있긴 했지만 암살자를 고용하려 했다면 선대 주인이 살아 있을 때 고용했을 거야."

"그건 그렇군."

말하고 나서 고개를 끄덕이는 제르가디스.

"그리고, 전에 러독에게 해고된 레자크라는 사람 말인데, 이쪽은 현재 행방불명이야."

"행방불명?"

"그래. 잘 알고 지내던 사람들의 이야기로는 러독 저택의 돈을 슬쩍하다 들켜서 해고된 날 밤, 폭음을 하고 '이런 마을은 떠나고 말 테다!'라고 외치더니 다음 날 훌쩍 모습을 감췄다고 해.

다른 말썽에 말려든 것도 아니니 아마 정말로 마을을 떠난 거겠지. 뭐, 가까운 번화가나 마을 여관에 달려가서 조사해보면 알 수 있겠지만 우리에게 그럴 만한 시간은 없으니.

하지만 이 녀석은 돈이 그리 많지 않은 것 같고 또 그럴 만한 배짱이 있는 녀석도 아닌 것 같아.

참고로 말하자면 그곳에서 해고되기 전에도 두세 번 비슷한 일이 있어서 여기저기서 해고되었던 모양이야….

뭐, 이런 녀석이 일부러 돈을 지불해가며 즈마 같은 암살자를 고용해서 러독을 죽여달라 부탁했다고는 생각하기 힘들지."

"그렇다면 남은 건 괜한 앙심을 품은 녀석들뿐인데… 그건 정말 조사할 방법이 없군…."

"그래…."

나는 깊은 한숨을 쉬었다.

"그런데 물어볼 게 있는데…."

제르가디스는 말투에 조금 불쾌한 기색을 담아 말했다.

"다른 이야기지만 제로스 녀석은 대체 뭘 하고 있지?"

"체스를 두고 있어요."

이번에도 불쾌한 목소리로 대답하는 아멜리아.

"그 녀석…, 할 생각이 있는 거 맞아?!"

"없겠지."

이번엔 나.

제르와 아멜리아 두 사람에게 번갈아 시선을 보내면서,

"두 사람 모두 잘 들어. 착각하지 마. 제로스는 단순한 '동행인'
일 뿐이야. '동료'도, '같은 편'도 아니라고."

"하긴…."

"그건 그렇지만…."

두 사람은 제각각 중얼거렸다.

냉정한 말 같지만 이것은 틀림없는 사실이기도 했다. 그의 진의
가 어디에 있는지 모르는 이상, 괜한 동료 의식을 갖거나 의지해
선 안 되었다.

"그보다 제르, 어제는 예고대로 즈마 녀석이 나왔는데 최근 이
여관에 수상한 남자가 묵은 적 없어?"

"너답지 않은 질문이군."

내 물음에 제르는 작게 어깨를 으쓱했다.

"이곳에 수상한 녀석은 쓸어 담을 만큼 많아. 나를 포함해서 말이지.

그리고 그 즈마라는 녀석은 가우리와 호각으로 싸울 수 있을 정도의 실력자잖아? 그럼 평소에 자신의 실력을 감추는 기술을 가지고 있다 해도 이상하지 않지.

덧붙여 말하면 즈마는 우리보다 먼저 이 마을에 와 있었을지도 몰라. 그러니 이미 안에 섞여 있을지도 모르는 사람을 발견하는 건 무리라고."

그야 그렇지만….

"그렇다면 역시 상대가 움직이길 기다릴 수밖에 없구나…."

나는 무거운 한숨을 쉬었다.

"그런데 궁금한 게 있는데, 그 마족들은 이 건과 대체 어떻게 관련되어 있는 거지?"

"나도 그 점이 이상해…."

제르의 물음에 나는 잠시 생각하고,

"나를 노리는 암살자가 이 마을로 오라고 말했어.

그 말대로 와보니 역시 나와 가우리에게 원한을 품고 있던 마족이 동료들을 데리고 나타났지.

이건 '단순한 우연'이라고 하기엔 조금 무리가 있어….

하지만 즈마라는 암살자의 성격을 보건대 나를 죽이기 위해 마족의 힘을 빌렸다고는 생각하기 힘들어. 자신의 손으로 직접 죽이고 싶어하는 타입 같으니까."

"그럼 마족 쪽에서 접촉했다는 건가?"

"그것도 좀 그래…. 세이그람…, 그 마족이 고작 인간 암살자 따위와 손을 잡을 이유 따윈 없거든."

"갑자기 떠오른 생각인데요."

오른손을 들고 말하는 아멜리아.

"즈마는 리나와 러독 씨의 암살을 맡은 셈이 되는데요, 러독 씨 암살 의뢰인과 그 마족들이 관련이 있는 게 아닐까요?"

"우연히 전에 우리들과 싸운 마족과?"

"역시 조금 이상한가요…?"

"요컨대 싸워서 이기면 된다는 소리 아냐."

"그야 그렇지만…."

확실히….

단순한 가우리의 의견이긴 했지만 지금 우리가 할 수 있는 일은 상대가 움직이기를 기다렸다가 싸워서 이기는 것뿐이었다.

어찌 됐건 장기전인가…. 피곤한데….

나는 다시 깊은 한숨을 내쉴 수밖에 없었다.

"러독 님이 기다리고 계십니다."

저택으로 돌아온 우리들을 맞이한 것은 집사의 말이었다.

세 사람은 얼굴을 마주 보고 동시에 한숨을 쉬었다.

후우…, 오늘은 또 무슨 트집을 잡으려고….

잘도 매일매일 질리지도 않고 불평을 늘어놓네, 정말.

어쨌거나 그래도 상대는 고용주, 무시할 수는 없었다.

집사 랄타크 씨가 우리들을 안내한 곳은 거실이었다.

그곳에는 이미 러독이 와 있었고 무슨 까닭인지 제로스와 아벨의 모습도 보였다.

우리들을 안내한 후 집사는 방 한구석에서 조용히 대기했다.

"늦었군."

그는 자리를 권하지도 않고 여전히 불쾌한 어조로 말했다.

무시하고 소파에 앉는 나. 가우리과 아멜리아 두 사람도 함께 앉았다.

"뭐, 좋아. 오늘은 불평을 늘어놓으려고 모이라 한 것이 아니니까."

드문 일도 있다.

러독은 휘리릭 일동을 둘러보더니,

"실은 여행을 떠나게 되었다."

""뭐라고요?!""

아벨을 비롯한 일동의 목소리가 겹쳐졌다.

"제정신이에요?! 아버지?!"

말하고 몸을 앞으로 내미는 아벨.

"지금이 대체 어떤 때인지 알고 있어요?! 누군가가 목숨을 노리고 있다고요! 그런 판국에 갑자기 여행을 떠나다니요?!"

"진귀한 상품이 있다! 사러 가야만 해!"

아벨 이상으로 크게 호통을 쳤다.

"하지만! 그렇다면 누구 다른 사람을 보내면 되지 않습니까!"

"저도 동감이에요!"

아멜리아도 옆에서 끼어들었다.

"마을 안이라면 몰라도 여행 도중이라면 죽여달라는 거나 마찬가지예요! 그야말로 상대가 원하는 일이죠!"

"사업상의 문제다!"

아까보다 훨씬 큰 소리로 말하자 두 사람은 침묵했다.

"지금까지도 상품을 구입할 때에는 언제나 내가 가서 품질을 확인했다! 무슨 일이 있어도 이 방식만은 바꿀 생각이 없어!"

단호한 어조로 말하더니 이번엔 우리들을 바라보며,

"물론 너희들도 호위로 따라오길 바란다! 이것도 계약의 일환이니까! 설마 불평은 하지 않겠지?"

아하⋯, 그렇게 된 거였군.

그럴듯하게 말하고는 있지만 본심은 다른 곳에 있을 것이다.

하지만 일단 말의 앞뒤가 맞는 이상 여기서 말꼬리를 잡을 수도 없고⋯.

―뭐, 좋아.

"알았어요."

딱 잘라 대답하는 내 얼굴을 뜻밖이라는 표정으로 바라보는 러독.

"그래서⋯ 출발은?"

"그렇군⋯. 가능한 한 빠른 편이 좋지만 이것저것 준비도 해야 하니.

　일단 모레 출발하기로 하지."

　"알았어요. 실은 마을에 동료가 하나 더 있는데…."

　"마을에?"

　"예. 이것저것 정보를 모으기 위해서요. 그 사람도 데려가도 괜찮겠지요?"

　"의뢰비는 더 못 줘."

　이런 부분에선 계산이 빠르네….

　"상관없어요."

　피를 토하는 심정으로 대답하는 나.

　불평을 늘어놓고 싶은 심정이었지만 제로스가 거의 식객처럼 눌러앉아 있는데다 우리들도 러독 입장에서 보면 이렇다 할 일은 하지 못했다.

　괜한 교섭을 벌였다간 오히려 그 부분을 지적당해 의뢰비가 깎일 우려도 있었다.

　러독은 고개를 한 번 끄덕이더니,

　"좋아. 이걸로 결정되었군. 그럼 슬슬 준비를…."

　"아버지."

　아벨이 러독의 말을 가로막고 나섰다.

　"뭐냐? 아직도 불만이 있는 거냐?"

　하지만 아벨은 고개를 저었다.

　"아뇨. 더 이상 반대는 안 해요. 반대는 안 하지만 저도 따라갈 겁니다."

"제정신이냐?! 아벨."

당황해서 이번엔 오히려 러독이 외쳤다.

"누군가가 목숨을 노리고 있단 말이다! 목숨을!"

"알고 있어요, 아까 저도 그렇게 말했으니까.

하지만 저도 아버지의 아들이니 언젠가는 사업을 이어받게 될 겁니다. 그러니 아버지의 사업 방식을 봐둘 필요가 있겠죠."

"하지만… 굳이 지금이 아니더라도…."

난처한 얼굴로 말하는 러독.

"어쨌거나 전 이미 결정했습니다. 아무리 말려도 따라갈 거예요."

일방적으로 그렇게 말하더니 그대로 빙글 등을 돌렸다.

"기다려라! 아벨!"

러독의 말을 완전히 무시하고 성큼성큼 거실을 나가버렸다.

"에잇!"

러독은 신음하고 의자에서 일어나 황급히 아벨의 뒤를 쫓았다.

문 부근에서 돌아보더니,

"어쨌거나 준비는 해둬라."

그렇게 말하고 문 바깥쪽으로 모습을 감추었다.

그 후 얼마간의 침묵이 흘렀다.

이윽고 지금까지 잠자코 방구석에 서 있던 집사 랄타크 씨가 말없이 꾸벅 고개를 숙이고 거실을 나갔다.

남겨진 것은 제로스를 포함한 네 사람뿐.

"하지만 리나, 이번엔 꽤 고분고분했구나."

얼마 후에 가우리가 입을 열었다.

"네 성격상 분명 불평을 늘어놓을 거라고 생각했는데…. 특히 의뢰비 건으로."

"뭐, 여러 가지 고려해야 할 일이 있었거든."

나는 잠시 말문을 흐렸다.

"사실을 말하면 러독의 본심을 눈치챘던 거지만…."

"본심이요?"

이번엔 아멜리아가 물었다.

"제로스, 넌 어떻게 생각해?"

나는 잠자코 앉아 있는 제로스에게 불쑥 물어보았다.

"아, 전 이번 일에 거의 관련이 없으니 제 의견을 말하는 건…."

"됐으니까 말해봐."

"그럼 조금만….

유인책이겠죠."

"아마도."

그의 의견에 고개를 끄덕이는 나.

"저기…, 무슨 소린지 잘 모르겠는데…."

머리를 긁적이며 말하는 가우리.

"쉽게 말해 러독은 이 상황을 견딜 수 없게 된 거야.

이대로 이 집에 있는 한, 즈마가 습격한다 해도 그 소리를 듣고 사람들이 몰려들 테니 어쩔 수 없이 즈마가 도망치는 일이 반복되리라는 건 뻔해.

그때마다 집이 부서질 테고 결판이 길어지면 길어질수록 우리들에게 드는 경비도 늘겠지.

게다가 결판이 날 때까지 러독은 계속 자신의 목숨을 누군가가 노리고 있다는 공포와 싸우지 않으면 안 돼.

지금까지 죽음과는 무관하게 살아온 러독 씨에게 있어서 이런 상황이 계속된다는 것은 참을 수 없는 일이었을 테지.

그래서야.

여행을 떠나야 한다고 말하고 우리들을 마을 밖으로 데리고 나가는 거지.

쉽게 말해…

즈마가 습격하기 쉬운 상황을 일부러 만들어서 얼른 결판을 내려고 하는 거야."

"잠깐만요! 그건!"

소리를 지르며 일어서는 아멜리아.

"일부러 리나를 위험에 빠뜨린다는 소린가요?!"

"뭐어어어어?!"

그래도 아멜리아의 말은 이해할 수 있었는지 그제야 가우리가 소리를 질렀다.

"이봐, 리나! 그럼… 어째서 그걸 알면서도 받아들인 거야?!"

"나도 얼른 결판을 내고 싶어. 언제 공격할지도 모르는데 계속

경계하는 것도 싫고.

　그리고 생각해봐. 이대로 이런 상황이 계속된다면 우리들은 언제까지고 이런 곳에서 러독의 불평과 부자 싸움을 구경해야만 한다고."

　""으음.""

　역시 그건 싫었는지 가우리와 아멜리아는 동시에 작은 신음 소리를 냈다.

　"하지만 잘 생각해보면 그건 아니지 않나요?"

　갑자기 냉정한 어조로 말하는 아멜리아.

　"어째서…?"

　"만에 하나, 여행 도중에 당신이 즈마에게 당하기라도 하면 다음에 목숨을 위협받는 것은 그 아저씨라고요. 그렇게 되면 만족스러운 호위도 고용 못 할 텐데."

　"쯧쯧쯧."

　나는 오른손 검지를 흔들었다.

　"생각이 짧구나, 아멜리아.

　만약 내가 즈마에게 당한다고 해도 호위라면 곧바로 구할 수 있어.

　─쉽게 말해 너희들."

　한순간 멍한 표정을 짓는 가우리와 아멜리아.

　별로 감이 잘 안 오는 모양이었다.

　"쉽게 말해, 내가 만약 즈마에게 살해당하면 그 다음에 다들 어떻게 할래?"

"어떡하다니? 역시 일단 장례식 준비부터 해야지."

"전 유품을 챙길래요."

"우선 웃고 보겠지요, 전."

인정머리란 게 없는 거냐…, 이 녀석들은….

"아니, 그게 아니고…. 가령! 즈마를 해치워서 복수할 생각은 안
할 거야?!"

"그야 뭐… 아!"

작게 소리를 지르는 아멜리아. 그제야 내가 하려는 말을 이해한
듯했다.

가우리 쪽은 아직이었지만….

"쉽게 말해,

즈마에게 살해당한 내 복수를 하려고 생각한다면, 아마 다들 러
독을 죽이기 위해 즈마가 나타나기를 기다릴 거야.

결국 원하든 아니든 내 복수를 위해서 러독을 호위하지 않으면
안 되는 거지.

만약 즈마가 러독까지 죽여버린다면 그 뒤 녀석이 어디로 갈지
모르게 되니까.

—알았어? 가우리."

"대강은…."

"용서 못 해요!"

다시 힘차게 주먹을 쥐고 등 뒤에 불꽃을 일렁이며 분노의 소리

를 지르는 아멜리아.

"인간의 정을 짓밟으면서까지 자신의 몸을 챙기려 하다니! 그쪽이 그렇게 나온다면! 리나! 그런 녀석 따윈 배려할 필요 없어요! 못 본 척하고 어딘가로 가죠!"

"그럴 수도 없어….'

"어째서요?"

"이미 선금은 받았고 아까 말한 것처럼 나도 얼른 결판을 내고 싶거든."

"뭐… 네가 그렇게 말한다면 그쪽은 그래도 상관없다고 쳐."

가우리는 작게 중얼거렸다.

"하지만 마족 녀석들은 어떻게 할 거지?"

…….

아뿔싸아아아아! 생각 못 했다아아아아!

"뭐… 뭐, 어떻게든 되겠지."

나는 최대한 평정을 가장해서 대답했다.

하늘은 찌뿌드드하게 무거운 색이었다.

우리 일행이 베젠디 시티를 떠난 이튿날 오후의 일이었다.

이름도 없고 사람의 왕래도 적은 대로.

우리 일행의 마차는 달그락달그락 바퀴 소리를 내며 돌멩이가 여기저기 튀는 길을 나아갔다.

이야기를 들어보니 베젠디에서 조금 북쪽인 제람인가 하는 마을 근처에서 채취되는 향초를 구매하러 가는 것이라고 한다.

동행한 사람은 역시 얼굴을 가리고 있는 제르와 제로스를 포함한 우리 다섯 사람. 그리고 러독과 역시 끈질기게 따라온 아벨.

마부는 집사 랄타크 씨. 뭐든 척척 해내는 사람이었다.

거기에 허름한 마차 한 대와 늙고 지친 말 한 마리.

물론 마차는 화물을 싣고 돌아오기 위한 것이었기에, 우리들은 느릿느릿 나아가는 마차 주위를 따라 걸었다.

—이렇게 인적이 드문 시골에도 역시 도적들은 있는 듯, 어제 묵은 여관에서도 도적들의 소문이 들려왔다.

일단 그것을 경계해서 마차의 오른쪽을 나와 가우리, 왼쪽을 아멜리아와 제르가디스, 그리고 뒤쪽을 제로스가 지켰다.

란자드 부자는 마차가 텅 비어 있으므로 짐수레 위에 탔다. 물론 승차감은 별로 좋지 않아 보였지만.

"잠깐만!"

가우리가 갑자기 소리를 질렀다.

황급히 마차를 세우는 랄타크 씨.

"무슨 일이야?! 갑자기?!"

여기까지 와서도 여전히 불쾌한 목소리로 호통을 치는 러독.

"적이에요."

딱 잘라 대답하는 나에게 한순간 침묵하더니,

"녀… 녀석인가?!"

"아니."

말하면서 브로드 소드를 뽑는 제르가디스.

그랬다. 기척은 여럿. 그리고 이 느낌으로 보건대 별로 실력자들은 아닌 듯했다.

아마도… 단순한 도적들.

갑자기 관계없는 녀석들이 나왔다….

하지만! 나에게 있어선 좋은 기분 전환!

러독의 푸념에 매일매일 계속되는 부자 싸움. 그리고 마족과 즈마의 습격.

이런저런 일들로 쌓이고 쌓인 울분을 여기서 있는 대로 해소하고 말 테다!

"숨어 있지 말고 나오지그래?"

나는 크게 소리를 질렀다.

"도발하면 어떡해?!"

마차 안에서 들려온 러독의 목소리는 물론 무시.

하지만 부르는 나의 목소리에도 숲은 그저 짙은 녹음을 바람에 나부끼고 있을 뿐.

아마 몰래 숨어 있는 것을 너무나 쉽게 간파당하자 당황하는 것이리라.

"왜 그래?! 얼른 나오라고. 아니면 기습은 가능해도 상대와 정면으로 싸우기가 무서운 거야?"

"꽤… 꽤나 건방진 소리를 하는군!"

그제야 듣기 거북한 소리가 주위에 울려 퍼졌다.

주위의 수풀이 부스럭거리더니 제각각 모습을 드러내는 남자들.

예상대로 도적 떼들. 그 숫자는 대략 스물.

적다….

우리들은 이미 완전히 포위되어 있었지만 대충 보아하니 대단한 녀석들은 아닌 것 같았다. 이 정도 숫자라면 나 혼자서도 손쉽게 해치울 수 있을 거다.

"보라고! 그래서 말했지?! 완전히 포위당하고 말았잖아!"

하지만 우리들의 실력을 모르는 러독은 혼자 마차 안에서 안절부절못하고 있었다.

랄타크 씨는 다소 놀라기는 한 모양이지만 혼란에 빠지지는 않았고, 아벨의 모습은 내 위치에선 보이지 않았지만 적어도 아버지처럼 소란을 피우지는 않았다.

러독의 말 따위에는 당연히 개의치 않고 도적단 두목은 말을 이었다.

"뭐, 하지만 기운이 남아도는 건 나쁜 일이 아니지. 가지고 있는 물건들을 놓고 간다면 목숨만은 살려주마."

"시끄러워."

노골적인 내 한 마디에 남자는 한순간 할 말을 잃었다.

"우리들은 바쁜 몸이라고. 분명히 말해 너희들 같은 잔챙이들을 상대할 틈 따위 없어."

"자… 잔챙이라고오오오?!"

아, 과연 화를 내는군.

"에잇! 그렇게까지 말하니 참을 수 없다! 얘들아! 이렇게 된 바엔 상관없다! 다 죽여라!"

"예!"

일제히 소리를 지르며 덤벼드는 도적들.

훗… 어리석긴….

"플레어 애로!"

외운 주문을 해방하는 나.

동시에 생겨난 십여 발의 불화살이 달려오는 도적들에게 단숨에 쏟아졌다!

"으아악!"

"우왁?!"

제각각 비명을 지르며 갑자기 혼란에 빠지는 도적들.

방금 공격을 맞은 것은 한두 사람에 불과했지만 불의의 일격을 당하자 완전히 기세가 꺾였다.

"지금이야! 가! 가우리!"

"알았어!"

그때 가우리가 덤벼들었다.

내 위치에선 마차 때문에 보이지 않았지만 반대쪽에서도 싸움이 시작된 모양이었다. 칼과 칼이 부딪치는 소리와 주문을 외우는 아멜리아의 목소리가 들려왔다.

뒤쪽에서도 도적들 몇 명을 제로스가 지팡이 하나로 가지고 놀고 있었다.

한심한 것은 러독으로, 마차 안에서 때때로 생각났다는 듯 비명을 지르거나 무언가 외칠 뿐, 바깥 상황을 살펴보려고도 하지 않았다.

"브람 블레이저[靑魔烈彈波]!"

콰광!

내 술법을 정통으로 얻어맞고 그대로 날아가는 도적 A.

이 상황에선 마차와 다른 사람들이 말려들 우려가 있는 큰 기술은 쓸 수 없었다.

어쩔 수 없이 산발적으로 덤벼드는 잔챙이들을 작은 기술로 깔짝깔짝 공격하는 게 고작이었다.

이래선 스트레스가 풀리기는커녕 더 쌓일 뿐이다….

"역시 단순한 잔챙이들이었구나."

아까 대화를 나눈 두목으로 보이는 남자에게 나는 비꼬는 미소를 지으며 말했다.

남자는 분노로 얼굴을 물들이더니,

"에잇! 이렇게 된 바엔!"

말하고 나서 오른손을 크게 위로 치켜든 그 순간.

슈욱!

바람 소리를 듣고 나는 즉시 몸을 피했다.

순간.

파바박!

화살 한 발이 작게 그 몸을 떨며 마차 수레에 박혔다.

—아직 숲속에 적이 남아 있었던 건가?!!

당황해서 주위의 기척을 살피니 확실히 방금 화살이 날아온 방향의 수풀 속에서 희미한 살기가 느껴졌다.

찾았다!

나는 주문을 외우기 시작했다.

하지만 주문이 완성되기도 전에.

슈욱!

다시 화살이 바람을 갈랐다!

하지만 목표는 내가 아니라 마차!

아뿔싸!

큰 소리로 말이 울었다. 마차를 우리들에게서 떼어놓을 생각으로 말에게 활을 쏜 건가?!

눈치챘을 땐 이미 늦었다! 여느 때와는 전혀 다른 속도로 마차가 폭주하기 시작했다!

가우리와 제르도 사태를 깨달았지만 이미 마차는 멀어진 후였다.

에잇!

"블래스트 애시[黑妖陳]!"

쿠웅!

내가 날린 술법으로 숲의 일부와 그곳에 숨어 있던 살기가 한순간에 검은 먼지로 변했다!

"아니…?!"

도적단의 보스는 경악해서 고함을 질렀다.

"말도 안 돼! 이야기가 달라!"

이야기가 달라…?

남자의 말을 듣기는 했지만 지금은 그것을 추궁할 틈이 없었다.

"가우리! 저 녀석은 산 채로 붙잡아!"

남자를 가리키고 말한 다음 나는 주문을 외우기 시작했다.

"레이 윙[翔封界]!"

고속 비행 술법을 외워 내가 하늘로 떴을 때는 이미 마차가 꾸불꾸불한 가도의 저편으로 모습을 감춘 뒤였다.

하지만 길은 외갈래 길, 어떻게든 따라잡을 테다!

주위에 바람의 결계를 두르고 나는 땅에 닿을락 말락 한 고도로 가도를 따라 날아갔다.

이 술법은 중량과 고도와 속도의 총합이 술자의 기량에 비례한다.

그 정도 속도의 마차를 따라잡으려면 조금 무섭지만 땅에 닿을락 말락 할 정도로 고도를 낮출 수밖에 없었다.

이윽고….

양쪽이 나무로 둘러싸인 가도 저편으로 조그맣게 마차의 그림자가 보였다.

따라잡았다!

더욱 기력을 짜내어 속도를 올리려고 한 바로 그 순간.

콰앙!

시야를 붉은 화염이 감쌌다.

"아앗!"

날아가서 제대로 땅바닥에 나뒹굴었다.

주위에 바람의 결계가 없었다면 방금 공격으로 죽었을지도 몰랐다.

―플레어 애로.

무수하게 날아온 그것이 레이 윙으로 날고 있던 나를 옆에서 가격했던 것이다.

"……!"

황급히 바람의 결계를 풀고 태세를 바로잡았다.

부스럭.

일대의 나무들이 술렁거리더니 주문의 주인이 모습을 드러냈다!

레서 데몬.

그것도 네 마리씩이나!

아니?!

어째서 이런 것들이 이런 곳에?!

마족으로선 최하급의 녀석들이었지만 그래도 대개의 정령마법을 무효화하는 능력을 가지고 있어서 어지간한 전사나 마법사 정도론 대적할 수 없었다.

물론 나에게는 그리 무서운 상대는 아니었지만 지금은 이런 녀석들과 놀고 있을 틈이 없다!

마차의 모습은 이미 다시 시야에서 사라졌고 가우리 일행의 모습도 보이지 않는 상태였다.

어쨌거나 얼른 결판을 낼 수밖에! 나는 주문을 외우기 시작했다.

쿠오오오!

레서 데몬이 소리를 질렀다!

동시에 생겨난 십여 발의 플레어 애로가 나를 향해 쏟아졌다!

주문이 끊이지 않도록 주의하면서 나는 간신히 피했다.

그 틈을 노려 다음 한 마리가 플레어 애로를 만들어서 쏘았다!

에잇! 성가시다!

"라그나 블래스트[冥王降魔陣]!"

어둠의 기둥으로 만들어진 결계와 검은색 플라스마에 레서 데몬 한 마리가 소멸했다!

일단 한 마리!

동요의 기색조차 보이지 않고 나머지 세 마리는 역시 계속해서 불꽃의 비를 퍼부었다.

나는 피하면서 다음 주문을 외웠다.

—하지만 이 레서 데몬들은 너무나 공격이 단조로웠다. 설마 내 발을 늦추기 위해서?!

이윽고 다음 주문이 완성되었다.

내 쪽에서 봤을 때 두 마리의 데몬이 일직선상이 되는 위치로 돌아가서 외운 주문을 해방했다!

"가브 플레어!"

화아악!

내가 쏜 마력의 불꽃은 한 마리의 가슴에 큰 구멍을 뚫고 뒤에 있는 한 마리의 머리를 증발시켰다!

마지막 한 마리!

끈질기게 계속해서 플레어 애로의 연타.

틀림없었다. 이 녀석들의 목적은 나를 방해하는 것이었다.

하지만 누가 무엇 때문에?

그 도적들의 소행이라곤 생각하기 어려운데….

어쨌거나 지금은 일단 이 녀석들을 해치울 수밖에 없었다.

"다이나스트 브라스[覇王雷擊陳]!"

레서 데몬의 주위에 그려진 오방성의 위치에 떨어진 번갯불이 데몬의 몸을 관통해서 날뛰었다.

파르스르한 빛이 사라진 뒤에는 숯덩이로 변한 레서 데몬의 몸이 뒹굴고 있었다.

좋아! 종료!

이제 다시 마차의 뒤를 쫓아서….

마차가 사라진 쪽으로 시선을 돌리다가 나의 움직임이 딱 멈추었다.

혼자 비틀비틀 휘청거리며 이쪽으로 걸어오는 사람을 확인하고.

"아벨!"

황급히 그에게 달려가는 나.

"무슨 일이야?! 대체?!"

옷은 너덜너덜. 전신은 긁힌 자국투성이였고 한쪽 다리를 절고 있었다.

"마차에서 뛰어내렸어…."

입안도 찢어진 듯 지금 어눌한 목소리로 말했다.

"아버지와… 랄타크가 아직 마차에 있어…. 어서 쫓아가…."

말하고 나서 근처 나무에 기댔다.

꽤 아파 보였지만 아무래도 중상은 아닌 듯했다.

"알았어."

나는 고개를 끄덕이고 다시 주문을 외우기 시작했다.

"레이 윙!"

이윽고….

얼마 정도 날아가자 저편으로 무언가가 보였다.

저건?!

물론 마차였지만… 달리는 도중에 균형이 무너졌는지 완전히 옆으로 쓰러져 있었다.

나는 마차의 조금 앞에서 술법을 풀고 땅에 내려섰다.

타고 있던 두 사람의 모습은 보이지 않았고 옆으로 쓰러진 말만이 괴로운 듯 숨을 내쉬고 있었다.

"우…."

작은 신음 소리를 듣고 그쪽을 돌아보니 근처 나무둥치에 랄타크 씨가 쭈그린 채 앉아 있었다.

"다… 당신입니까…?"

"괜찮아요?! 러독 씨는?"

랄타크 씨는 약간 얼굴을 찌푸리더니,

"저는 괜찮습니다…. 그보다… 그 즈마라는 암살자가 갑자기 나타나서…."

"즈마가?!"

"당신에게 이렇게 전하라더군요…. '러독 란자드는 내가 데리고 간다. 죽게 놔둘 생각이 없다면 튜폰 마을의 동쪽 산속에 있는 산채로 너와 가우리 가브리에프 단둘이서 와라'…."

─도전장인가…?

"그거 큰일이군요."

갑자기 뒤쪽에서 들린 목소리에 황급히 돌아보자 언제부터 그곳에 있었는지 제로스가 조용히 서 있었다.

"놀라게 하지 마…. 다른 사람들은?"

"모두 해치우고 이쪽으로 달려오고 있을 겁니다."

─흠….

나는 이번에 제로스가 뭘 하고 있는지 어렴풋이 알 것 같았다.

"제로스, 랄타크 씨를 부탁해. 난 일단 다른 사람들이 있는 곳으로 돌아갈게."

"나… 나는 아무것도 모른단 말이다아아!"

도적단의 두목으로 보이는 남자는 우리들에게 둘러싸인 채 한심한 소리를 질렀다.

"거짓말 마. 분명히 나는 네가 '이야기가 달라'라고 한 말을 들었어."

"그… 그건…."

추궁하는 나에게 남자는 한순간 우물거리더니,

"어젯밤… 한 남자가 아지트로 찾아왔어."

체념했는지 이윽고 이야기를 시작했다.

"온몸을 검은 옷으로 감싼 녀석이었는데… 자신을 즈마라고 하더군….

보통 녀석이라면 그 자리에서 해치우고 가지고 있는 물건을 털었을 테지만… 뒤… 뒤에 데몬 같은 걸 거느리고 있었으니 손을 댈 수가 없었지…."

"데몬을?!"

놀라 되묻는 나.

"그거… 혹시 레서 데몬이었어?!"

"그런 것까지 알 게 뭐야! 데몬 같은 건 이야기로만 들었지 본 건 어제가 처음이었다고!"

그렇다면 날 붙들어놓은 건 레서 데몬과 즈마였나…?

그렇다면 소환술사로서도 상당한 실력을 가지고 있는 셈인데… 왠지 조금 이미지가 다르네…?

"뭐, 좋아. 그래서?"

"그 녀석이 갑자기 금화를 뿌리더니 협력하라는 거야.

내일… 뭐, 쉽게 말해 오늘이지.

이 길을 이러이러한 일행이 지나가니까 습격해서 마차와 호위하는 녀석들을 떼어놓으라더군. 성공하면 좀 더 많은 보수를 준다고 했는데 결국 이 모양이야.

데몬 같은 걸로 겁을 주니 당연히 거절할 수도 없었지만.

호위하는 녀석들의 실력도 별것 아니고 만약의 경우엔 데몬들을 원군으로 보내준다고 해서 받아들였는데….

실제로 싸워보니 너희들은 엄청나게 강했고 약속했던 데몬들의 원호도 없었어.

그래서 그만 이야기가 다르다고…."

"그랬구나…."

그렇다면 처음부터 러독을 납치할 생각이었던 건가…?

아마 이 기회를 틈타 나와 러독 두 사람을 동시에 해치울 생각이겠지만….

"이제 알겠지…? 그럼 이제 가봐도 될까?"

"턱도 없는 소리 마요!"

말하고 나서 남자를 척! 가리키는 아멜리아.

"그동안 저지른 수많은 악행들! 동정을 받을 수 있을 거라 생각하면 큰 오산이에요! 가까운 마을의 관리에게 넘길 테니까 다음 지시가 있을 때까지 얌전히 있어요!"

"히이이이익! 그것만은 제발! 개심할게요! 개심할 테니까 한 번만 봐줘요…!"

"듣기 싫어요! 원래대로라면 이곳에서 천벌을 내려도…."

계속 이어지는 두 사람의 대화를 한쪽 귀로 흘려들으면서 나는 다른 생각을 하고 있었다.

드디어 즈마가 본격적으로 움직이기 시작한 건가…?

아마 녀석은 이번에는 결판을 낼 생각이겠지.

"결전… 이라…."

나는 아무에게도 들리지 않을 목소리로 작게 중얼거렸다.

쏴아아….

어두운 하늘을 배경으로 나뭇가지들이 바람에 흔들렸다.

그로부터 이틀 정도 후.

이 계절 이 부근의 기후는 언제나 이런지, 우리들이 베젠디를 떠난 이후 계속 하늘은 회색 구름 일색이었다.

사람 두 명이 겨우 나란히 걸을 수 있을 정도의 좁은 산길.

거뭇거뭇 우거진 나무들의 그늘에 통나무로 만들어진 산채가 하나.

말할 것도 없이 즈마가 지정한 그 장소였다.

"가자."

작게 중얼거린 가우리의 말에 나는 말없이 작게 고개를 끄덕였다.

역시 두 사람만이서 이곳까지 오는 건 가우리 쪽은 어떨지 모르겠지만 나에겐 꽤 각오가 필요했다.

아무튼 여러 번 싸워서 한 번도 이기지 못했던 상대였으니 무엇보다도 그 정신적인 압박감이 컸다.

물론 가우리와는 계속 검술을 연습하고 있긴 했지만 역시 그런 기술은 단기간에 몸에 익는 것이 아니었다.

일대일이라면 아마 이기지 못할 것이다.

예전에 즈마를 한 번 물리친 적이 있었지만 그때에는 어디까지나 가우리의 활약 덕분이었고 나는 거의 옆에서 지켜보고 있던 거나 마찬가지였다.

믿을 건 가우리뿐이었지만 마음에 걸리는 점이 조금 있었다.

즈마가 레서 데몬들을 조종하고 있다는 이야기.

만약 녀석이 데몬을 잔뜩 만들어서 나와 가우리를 갈라놓으려 한다면 나에게는 꽤 괴로운 싸움이 될 것이다.

가능하면 아멜리아와 제르가디스에게 지원을 부탁하고 싶었지만 그쪽에 인질이 있는 이상, 섣부른 행동은 할 수 없었다.

지금쯤 다른 사람들은 산기슭에 있는 튜폰 마을에서 얌전히 우리들이 돌아오기만을 기다리고 있을 것이다.

걸리는 것은 또 있었다.

나뿐만이 아니라 가우리까지 함께 이곳으로 부른 것.

녀석에게 암살 대상은 나와 러독뿐이었다.

그럼에도 가우리를 부른 건 지난번 싸움의 설욕을 위해서일 것이다.

하지만 러독을 인질로 잡는 수법이라든지 가우리에 대한 설욕을 하려 드는 게 왠지 그답지 않다는 생각이 들었다.

그것과는 별도로 마음에 걸리는 것은 바로 세이그람을 비롯한 마족 셋.

그 뒤로는 나타나지 않았지만 설마 그걸로 끝날 거라고는 생각되지 않았다.

—하지만 이것저것 고민해봤자 소용없는 일!

일단은 당면한 문제인 즈마를 어떻게든 해야!

특별한 승산도 없는 상태에서 나와 가우리는 이윽고 산채 앞에 도착했다.

그리 큰 건물은 아니었다. 밖에서 안쪽의 기척을 살피니 희미하게 인기척이 하나.

"내가 먼저 들어갈게."

말하고 가우리는 산채의 문을 열었다.

끼이익….

귀에 거슬리는 소리를 내며 산채의 문이 열렸다.

그곳에서 가우리의 발길이 멈추었다.

그의 옆에서 힐끔 안을 들여다보니 작은 난로와 작은 테이블이

놓여 있을 뿐 풍취고 뭐고 없는 썰렁한 방이었다.

방 한구석에는 침대 대신인지 짚단이 쌓여 있었고 그 위에는…
….

"러독… 씨…?"

한 남자가 양손을 뒤로 묶인 채 짚단 위에 쓰러져 있었다.

이쪽으로 등을 돌리고 있었지만 틀림없이 러독 란자드 본인일
것이다.

아무래도 살아 있기는 한 모양인데….

주위에 다른 사람의 모습과 기척은 없었다.

몸을 숨길 만한 장소도 없었다.

물론 평범한 산채에 숨겨진 문이나 비밀 통로 같은 것이 있을
리도 없을 터다.

물론 즈마 녀석이라면 나에게서 기척을 숨길 수는 있겠지만 가
우리 쪽도 아무런 기척을 못 느끼는 모양이었다.

"어떡할까?"

"잠깐만 기다려봐."

묻는 가우리에게 대답하고 나는 주문을 외우기 시작했다.

그리고….

"담 브라스!"

파악!

내가 쏜 주문은 러독의 밑에 있는 짚단을 관통했다.

그곳에 즈마가 숨어 있을 우려도 있었던 것이다.

하지만 전혀 아무런 반응이 없었고 내 술법은 그저 짚단만을 날려버렸을 뿐이었다.

그걸로 균형을 잃었는지 러독의 몸이 뒹굴 이쪽으로 굴렀다.

"우⋯."

그가 작은 신음 소리를 냈다.

틀림없는 본인이었다.

─하지만 그렇다면 즈마는 대체⋯?

그때.

나는 문득 뒤쪽에서 기척을 느꼈다.

─아뿔싸! 뒤쪽인가?!

황급히 돌아보니 그곳에는⋯.

"아벨?!"

이곳까지 달려왔는지 어깨를 크게 들썩이고 서 있는 아벨이 그곳에 있었다.

"아벨⋯ 이라고⋯?!"

정신이 들었는지 러독의 작은 목소리가 안쪽에서 들려왔다.

"아버지!"

말릴 틈도 없이.

내 옆을 지나쳐서 아벨은 산채 안으로 뛰어들더니 러독의 손을 묶고 있는 밧줄을 풀었다.

"멍청한 놈! 왜 온 거냐?!"

"걱정이 되어서요!"

그 말을 듣자 할 말을 잃는 러독.

그때….

"리나아아!"

갑자기 들려오는 아멜리아의 목소리.

놀라 돌아보니 그녀뿐만 아니라 제르와 제로스, 랄타크의 모습까지 보였다.

아마 뛰쳐나간 아벨을 말리러 온 거겠지만….

갑자기 다 오면 어떡해…!

"이런, 이런…. 이야기가 꽤 다른걸…?"

낯익은 목소리는 내 뒤쪽에서 났다.

"아니?!"

당황해서 돌아보니 산채 뒤쪽, 아무것도 없는 공중에 하얀색 덩어리가 둥실 떠 있었다.

그것은 공간을 진동시키더니 무수한 어둠의 촉수를 만들어냈다.

그 촉수는 다음 순간, 긴 머리카락과 몸을 형성했다.

"구두자?!"

놀라 소리를 지르는 아멜리아.

하지만… 어째서 이 녀석이 이곳에?!

"원 참…. 더 이상 이런 성가신 일엔 말려들고 싶진 않군."

목소리는 이번엔 나무들 사이에서 났다.

일부러 발소리를 내면서 천천히 우리들 앞으로 걸어왔다.

"또 만났구나, 키메라 애송이."

듀그르드는 모자의 챙을 가볍게 들어 올리며 말했다. 그리고 시선을 제르로부터 조금 돌리더니,

"복수에 협력하라고 해서 여기까지 왔는데… 이래선 복수라기보다는 희극이군. 그만 질리기도 했으니…… 슬슬 끝내도록 하지, 랄타크 노인."

"뭐…?!"

가우리과 제르, 아멜리아가 동시에 소리를 질렀다.

"흠…, 그렇군….."

태연하게 대답하더니 랄타크는 속으로 작게 주문을 외우기 시작했다.

인간은 결코 발음할 수 없는 작은 소리가 바람에 섞였다.

숲이 술렁거렸다.

도망치고 있는 것이다.

새들이, 짐승들이, 벌레들이 앞으로 일어날 이변을 느끼고.

하지만… 늦었다.

우오오오오….

그것은 힘이 담긴 말이었을 것이다. 낮은 울림이 대기를 진동시켰다.

순간….

우웅!

귀울음이 일었다.

불쾌한 공기가 주위를 가득 채웠다.

"난처하군요…."

태연하게 말하는 제로스.

"약속과 조금 다르지 않습니까?"

"뭘. 이 정도는 서비스해도 좋지 않겠어?"

이번에도 태연하게 말하는 랄타크.

끼익.

짐승의 비명 소리인지 뭔지 알 수 없는 이상한 소리가 숲속에서 울려 퍼졌다.

끼긱! 끼익! 끼긱끼긱!

그것도 하나둘이 아닌 수십 마리 단위였다.

"무슨 짓을 한 거지?! 대체?!"

"흠. 별것 아니야."

내 물음에 랄타크는 표정 하나 바꾸지 않고 말했다.

"근처에 있는 동물들에게 아스트랄 사이드에서 불러온 하급 마족들을 빙의시켰을 뿐이니까."

—뭐?!

무심코 말문이 막혔다.

지금 랄타크가 한 짓, 쉽게 말해 그것은….

구오오오오오오!

이윽고 비명이 짐승의 포효로 바뀌었을 때.

숲속에서 랄타크가 소환한 레서 데몬들이 무수히 모습을 드러

냈다.

"자!"

망토를 펄럭이더니 듀그르드가 환희에 찬 소리를 질렀다.

"시작해보자! 즐거운 파티를!"

4. 어둠의 준동. 그리고 사투가 끝날 때

구오오오오오오!

싸움의 막을 올린 것은 레서 데몬들의 대합창이었다.

동시에 데몬들의 정면…, 쉽게 말해 우리들과 산채를 에워싸는 형상으로 무수한 플레어 애로가 나타났다!

아마도 그 숫자는 수백!

우아아아아아앗!

아무리 그래도 이건 장난이 아니다!

나는 황급히 주문을 외우면서 가우리를 붙들고 산채 안으로 뛰어들었다.

─거의 동시였다.

"바람이여!"

내가 산채 안에서 바람의 결계를 친 것과…,

콰앙!

폭음과 함께 산채의 외벽이 불타서 날아간 것은.

"아니?!"

내 바람의 결계 안에서 놀라 소리를 지르는 아벨.

데몬들이 일제히 플레어 애로를 쏜 것이었다.

만약 바람의 결계, 혹은 산채만 있었다면 불타오른 공기 때문에 통구이가 되었을 것이다.

"가자! 가우리!"

"응!"

곧바로 나는 바람의 결계를 풀고 다음 주문을 외우기 시작했다.

동시에 빛의 검을 뽑고 산채 밖으로 뛰쳐나가는 가우리.

아무리 레서 데몬들의 첫 번째 공격을 막아냈다고 해도 상대를 해치우지 않으면 이야기가 되지 않았다.

적이 두 번째 공격을 하기 전에 최대한 데몬들의 숫자를 많이 줄여놔야 했다. 한시라도 빨리 해치우지 않으면 싸움은 불리한 상태로 질질 끌려가게 될 것이다.

"담 브라스!"

콰광!

불길이 솟구치고 있는 산채의 문 반대쪽 벽에 술법으로 큰 구멍을 뚫었다.

"아벨! 내가 밖으로 나가서 데몬들의 주의를 잠깐 돌릴 테니까 넌 러독 씨를 데리고 나가서 숲속에 숨어!"

말한 후 아벨의 대답도 기다리지 않고 주문을 외우며 문이 있던 쪽을 향해 밖으로 뛰쳐나갔다!

생각대로 제르와 아멜리아도 무사했다. 아마 둘이서 바람의 결계를 이중으로 쳐서 열과 불꽃을 막았을 것이다.

가우리까지 섞여, 이미 세 사람이 싸움을 전개하고 있다.

랄타크와 제로스의 모습은 보이지 않지만, 방금 그것으로 무슨 일이 생기진 않았겠지.

"라이팅!"

나는 증폭의 술법을 사용한 후 외운 라이팅을 공중에 높이 띄웠다.

과연 증폭한 것답게 한낮의 태양… 까지는 아니더라도 상당한 밝기로 주위를 밝혔다.

그리고 대지에 그림자가 생겼다.

나는 이어서 증폭의 주문을 외우기 시작했다.

하지만 방금 '라이팅'은 꽤나 주목할 만 했는지 십여 마리 가까운 레서 데몬들이 모두 나에게 주목했다.

구오오오오오오!

계속해서 생겨나는 플레어 애로!

잠깐! 그렇게 한꺼번에?!

다음 주문이 완성되지도 않았는데!

무수한 플레어 애로가 발사되었다!

순간 황급히 달려서 그 자리를 피했다!

하지만 숫자가 숫자였다. 전부 피해낼 순 없었다!

후욱!

—하지만 그때.

나에게 명중할 뻔했던 몇 발을 포함한 모든 플레어 애로가 마치 공간에 녹아드는 것처럼 한순간에 사라졌다.

……?

"서비스입니다. 하지만 한 번뿐이에요."

제로스의 목소리가 어딘가에서 들려왔다.

물론 그 모습을 찾고 있을 여유는 없었다.

어쨌거나 이 한순간이 고마웠다. 데몬들이 세 번째 공격을 하기 전에 나의 주문은 완성되었다.

"디스팡[餓龍咬]!"

'라이팅'이 만들어낸 내 그림자가 여러 개의 용의 아가리로 변해 주위에 있는 레서 데몬들의 그림자를 덮쳤다!

구아아아아아!

레서 데몬들은 그림자 용에게 물려 박살 난 그림자와 같은 부위에서 시커먼 피를 내뿜으면서 단말마의 비명을 질렀다.

"핫!"

촤악!

검에 마력을 불어넣은 듯 제르의 브로드 소드가 가볍게 레서 데몬의 배를 베었다.

기익!

가까이 있던 다른 한 마리가 노성을 지르면서 다시 플레어 애로를 만들어냈다.

하지만 이 레서 데몬의 플레어 애로는 여럿이 모이면 위협이 되지만 한 마리가 쏘는 것이라면 그리 치명적인 무기는 아니었다.

실력이 어느 정도 되는 마법사라면 플레어 애로를 쏠 때 조금씩 각각의 타이밍과 조준을 다르게 해서 피하기 힘들도록 쏘기 마련인데, 이 녀석들이 쏘는 플레어 애로는 조준도, 쏘는 타이밍도 매우 단조로웠다. 숫자가 많고, 맞으면 상당한 대미지를 입긴 했지만 싸움에 익숙한 사람이라면 냉정하게 보고 피하기가 그리 어렵지 않았다.

레서 데몬이 플레어 애로를 쏘는 타이밍을 예측한 제르는 주문을 외우면서 달리기 시작했다.

궤도를 예측해서 손쉽게 피하고 그대로 간격을 단숨에 좁혔다!

하지만 그 순간!

어둠의 덩어리가 날아오자 그는 황급히 발길을 멈추었다.

듀그르드!

"이번엔 죽여주겠다! 키메라 애송이!"

말하면서 제르를 향해 돌진했다!

"에르메키아 프레임[烈閃咆]!"

외운 주문을 해방하는 제르. 에르메키아 란스의 강화판으로 역시 육체에는 대미지를 주지 않지만 인간의 정신 정도라면 가볍게 파괴할 수 있을 만한 위력을 가지고 있는 주문이었다.

"칫!"

역시 그 공격을 맞을 생각은 없었는지 혀를 차고 듀그르드는 옆으로 몸을 피했다.

제르가 쏜 술법은 뒤에 있던 레서 데몬 한 마리에게 명중했다.

움찔! 하고 크게 몸을 떨더니 데몬은 쿵 소리와 함께 쓰러져서 다시는 움직이지 않았다.

듀그르드는 다시 제르를 향해 돌진했다.

맞서기 위해 검으로 자세를 취하는 제르가디스.

그때….

구아아!

데몬이 듀그르드의 뒤에서 다시 불꽃의 비를 쏟아부었다!

아군이 있든 말든 상관없다는 기세였다. 어차피 불꽃 따윈 듀그르드 같은 순수한 마족에겐 효과가 없었지만.

불꽃을 등지며 달리는 듀그르드. 제르의 사정거리 안에 들어가기 직전, 마족은 크게 옆으로 도약했다!

뒤에서 쫓아오던 불꽃이 제르에게 쏟아졌다!

제르 역시 듀그르드의 움직임에 맞추어 옆으로 도약했다.

하지만 약간 타이밍이 늦었는지 한 줄기 불꽃이 그의 왼팔을 스쳐서 코트 소매가 한순간에 재로 변했다.

듀그르드가 다시 발사한 어둠의 덩어리를 브로드 소드로 간신히 튕겨내는 제르.

막는 데에 급급해서 공격은 엄두도 내지 못하는 실정이었다.

"끝이다!"

외침과 동시에 듀그르드의 몸 주위에 떠 있던 어둠의 덩어리들이 마족의 손에 집결했다.

그리고 그것은 순식간에 어둠의 검 모양을 만들었다.

파직!

공기를 진동시키며 듀그르드의 어둠의 칼날과 제르의 마력이 어린 칼날이 교차했다!

두 자루의 검이 부딪치며 서로의 힘을 상쇄했다.

하지만….

그 순간을 노리고 있었는지 옆에 있던 레서 데몬이 플레어 애로를 만들어냈다.

이런! 지금 저걸 발사한다면 제르로선 피할 방법이 없다!

데몬이 작게 웃은 것 같다는 생각이 든 그 순간.

피잉!

한 줄기 빛이 허공을 가르더니 데몬의 머리를 박살 냈다!

가우리!

발사된 빛의 검의 칼날이 플레어 애로를 만들어내던 데몬의 머리에 명중했던 것이다.

가우리 역시 레서 데몬들을 상대로 꽤 고전하고 있었다.

산채에서 뛰쳐나간 가우리는 처음에는 빛의 검으로 베거나 칼날을 발사해서 레서 데몬들을 해치웠다.

하지만 지금은 꽤 많은 수의 데몬들이 가우리 한 사람에게 집중 포화를 가하고 있었다.

레서 데몬들의 공격에 연계 따윈 거의 없었지만 그래도 숫자가 만만치 않았다. 피하거나 빛의 검으로 튕겨내고는 있었지만 좀처럼 반격할 기회를 잡지 못했다.

그의 빛의 검은 한 번 칼날을 발사하면 아주 짧은 순간이긴 하지만 다음 칼날을 만들어내기까지 약간의 공백이 생겼다.

그리고 그 집중 공격 속에선 그 한순간조차 치명적일 수 있다. 제르에 대한 지원 공격도 어쩌다 데몬들의 공격이 멎은 한순간을 노렸기에 가능했다. 그런 기회가 그리 쉽게 오지는 않을 것이다.

"에잇!"

가우리는 초조한 듯 소리를 지르며 날아오는 불꽃의 화살을 베어냈다.

아멜리아를 상대하는 레서 데몬들의 숫자는 그리 많지 않았다.

하지만 그보다 문제인 것은….

"크흐흐…, 또 만났구나…."

구두자는 중얼거리더니 빨간 입을 웃는 형태로 일그러뜨렸다.

한편 아멜리아는 이미 주문 영창에 들어가 있었다.

"이번엔 확실히 죽여주마…."

구두자의 머리카락이 출렁였다.

동시에 주위에 있던 레서 데몬들 중 몇 마리가 플레어 애로를 발사했다!

주문을 외우면서도 가볍게 피해내는 아멜리아.

—내가 하늘을 향해 증폭시킨 빛을 쏜 것은 바로 이 순간이었다—

구두자의 얼굴에 새겨진 웃음이 깊어졌다.

동시에 머리카락이 촤악! 뻗더니 대지에 드리운 자신의 그림자 속으로 사라졌다.

그리고 지난번 싸움과 마찬가지.

그것은 아멜리아의 그림자 속에서 뻗어 나와 그녀의 발목에 휘감겼다!

지난번과 근본적으로 다른 점이 있다면 주위에 레서 데몬들이 있다는 것!

"해치워라! 얘들아!"

구두자의 목소리가 울려 퍼졌다.

구오오!

레서 데몬들이 울부짖었다!

허공에 출현한 수십 발의 플레어 애로가 발목을 잡힌 아멜리아를 향해 쏟아졌다!

쾅광!

플레어 애로가 폭염이 되어 흩어졌고 그 자리에는….

아무 일도 없었다는 듯 서 있는 아멜리아의 모습!

이미 다음 주문을 외우기 시작하고 있었다.

"방어주문이냐?!"

경악해 외치는 구두자.

애초에 아멜리아의 본직은 무녀였기에 방어 및 회복 계열 마법에는 능통했다. 제때 주문만 외운다면 이 정도의 공격은 충분히 막아낼 수 있었다.

"이 녀석!"

구두자의 머리카락이 아멜리아의 발을 휘감고 올라갔다.

하지만 그때 아멜리아의 주문이 완성되었다.

"에르메키아 란스!"

조준은 자신의 발치에 있는 구두자의 머리카락!

빗나갈 리는 없었다. 그녀의 술법은 마족의 검은 머리카락을 날려버렸다.

"우욱!"

놀라 소리를 지르고 황급히 그림자 속에서 자신의 머리카락을 뽑아내는 구두자.

아무리 머리카락이고 아무리 도마뱀 꼬리 같은 부위라고 해도, 마족에겐 그것도 어엿한 '몸'의 일부였다. 잘라낸 후라면 몰라도 이어져 있는 상태에서 대미지를 입으면 역시 아픈 모양이었다.

"꼬마 계집애!"

노성을 지르는 구두자. 개의치 않고 아멜리아는 주문을 외우면서 구두자를 향해 달려갔다!

"에잇! 뭣들 하고 있느냐! 너희들! 냉큼 저 계집애를 해치워라!"

구두자의 명령에 데몬들이 다시 불꽃의 화살을 만들어냈다.

"비스파랑크[靈王結魔彈]!"

아멜리아가 외운 주문은 나도 모르는 주문이었다.

동시에 레서 데몬들이 그녀를 향해 다시 불꽃의 화살을 쏘았다.

할 줄 아는 것이 그것밖에 없었지만 그래도 이 정도 숫자가 모이니 상당한 위협이 되었다.

모두 피해내는 것은 무리로 보였다.

아까의 방어주문이 아직 효과가 있을지 어떨지?!

하지만!

아멜리아는 날아오는 플레어 애로의 대부분을 피해냈고, 피하지 못한 몇 발은 왼손으로 막았다!

화악!

허무하게 불꽃이 흩어졌다.

아하.

방금 아멜리아의 주문은 제르가 검에 마력을 불어넣은 것과 마찬가지로 양쪽 손바닥에 증폭된 마력을 집결시킨 것이었다.

그대로 단숨에 구두자에게 다가간다!

"인간 따위가!"

마족의 긴 머리카락이 마치 바람에 휘날리듯 아멜리아를 향해 길게 뻗었다.

우웅…. 우우웅….

구두자의 머리카락이 조그맣게 떨리면서 벌레 날갯짓 소리와 비슷하게 낮은 소리를 냈다.

다음 순간.

부웅.

진동이 마력의 충격파로 변해 아멜리아를 향해 돌진했다!

쿠우웅!

무거운 소리를 내면서 레서 데몬 네 마리가 쓰러졌다.

내가 만든 그림자 용에게 정신과 육체 모두를 파괴당했던 것이다.

데몬들을 해치운 그림자 용은 이윽고 내 그림자로 돌아왔다.

일단은 네 마리!

하지만 언 발에 오줌 누기… 까지는 아니지만 아직 어려운 상황이라는 점에는 변함이 없었다.

덧붙여 말하자면 방금 그 일격으로 얕볼 수 없겠다고 판단했는지 다른 몇 마리가 일제히 내 쪽으로 주의를 돌렸다.

야단났다….

숲속으로 도망치면 데몬들의 시야에서 벗어날 수도 있고 플레어 애로를 정면으로 맞지도 않을 것이다.

하지만 거꾸로 데몬들이 마구잡이로 플레어 애로를 쏠 경우, 불길에 휩싸여 진퇴양난에 빠질 우려도 있었다.

나는 주문을 외우면서 그 자리에서 빙글 발길을 돌려 아직 불길이 치솟고 있는 산채 안으로 뛰어들었다.

무너지지는 않았지만 실내는 거의 불바다였다. 뜨거운 공기가 피부에 따가웠다.

나는 그대로 산채를 통과해서 아벨 일행이 도망친 구멍을 통해 밖으로 뛰쳐나갔다.

매우 단순한 눈속임이었지만 아무 생각도 없는 레서 데몬들에겐 이걸로 충분했다.

산채를 빠져나와 나무들 사이로 뛰어든 그 순간….

콰아앙!

거대한 불꽃이 치솟으며 산채가 순식간에 무너졌다.

내가 뛰어든 것을 본 데몬들이 산채에 플레어 애로를 쏘았던 것이다.

또다시 나는 발길을 돌려 데몬들의 시야를 피해 그 옆쪽으로 달려갔다.

"블래스트 애시!"

쿠웅!

무거운 소리를 내며 두 마리가 순식간에 검은 먼지로 변했다.

이걸로… 여섯 마리!

다른 사람들이 해치운 것까지 합치면 이미 열네 마리 이상을 해치운 셈이었다. 확실히 숫자는 줄어들었지만 그래도 아직 절반 이상이 남아 있었다.

풀 파워로 드래곤 슬레이브라도 쏜다면 좀 더 일찍 끝낼 수 있겠지만 그래선 가우리와 다른 사람들까지 말려들게 될 것이다.

여기선 착실하게 하나하나 해치울 수밖에 없었다.

자, 다음엔 어떤 술법을 써볼까?

다음 주문을 외우려고 하던 그때.

뒤쪽에서 기척을 느끼고 나는 황급히 돌아보았다.

그곳에는 혼자 멍청히 서 있는 아벨의 모습이 있었다.

"잠깐, 너?!"

나는 그의 손을 붙잡고 수풀 속으로 들어갔다.

아무래도 무슨 일이 있었던 모양이지만 아무리 나라도 레서 데몬들의 눈앞에서 느긋하게 이야기를 나눌 만한 근성은 없었다.

"무슨 일이 있었어?! 러독 씨는?!"

"숲속으로 도망치려고 했는데… 데몬들이 불꽃 화살을 던져서…. 아버지가 나를 밀쳐내면서 숲속으로 도망치라고….

그 뒤로는 모습이 안 보여!

지금까지 이곳저곳을 찾아보았는데…."

아아! 이렇게 바쁠 때!

"아버지는 괜찮을 거야! 분명!"

근거도 없이 단언하는 나.

"이 싸움이 끝난 후에 다 함께 찾아보자! 지금은 일단 여기서 잠자코 있어!"

그렇게 말하고 나는 주문을 외우면서 다시 전장에 복귀했다.

수풀을 헤치고 나온 순간 옆에 있던 레서 데몬과 눈이 딱 마주쳤다.

웃?!

"다이나스트 브레스[覇王永河烈]!"

내 술법에 데몬의 몸이 얼어붙더니 산산이 흩어졌다!

듀그르드가 들고 있는 칼날의 색깔이 바뀌어갔다.

깊은 어둠의 색에서 회색으로.

어둠의 덩어리를 집결시킨 어둠의 검은 역시 가우리의 빛의 검이나 나의 라그나 블레이드[神滅斬] 정도의 위력은 없는지, 제르의 마력이 서린 검과 칼날을 마주하고 있는 사이에 급속도로 힘을 잃어갔다.

물론 제르의 검에 서린 마력도 거의 비슷한 속도로 소모되었지만.

이대로 가면 먼저 소모된 쪽이 질 것이다.

하지만 듀그르드는 그런 힘겨루기를 할 생각은 없는 듯했다.

"네가 졌다! 키메라 애송이!"

말이 끝나자마자 마족 주위에 다시 어둠의 덩어리들이 십여 개 생겨났다!

이 상태에서 저것이 날아온다면 제르는 피할 방법이 없다!

"크아아아아아악!"

하지만 비명을 지르고 크게 뒤로 물러난 것은 듀그르드 쪽이었다.

자세히 보니 듀그르드의 가슴 부분에 단검 하나가 깊숙이 자루 부근까지 박혀 있었다.

"크아아아아아아악! 으아아악…!"

고통스러운 비명을 지르면서 듀그르드는 오른손으로 단검을 뽑아내고 가증스럽다는 듯 내던졌다.

―물론 단순한 단검이 마족에게 대미지를 줄 리는 없었다. 아마 제르는 미리 주문을 외워두고 듀그르드의 어둠의 검을 자신의 검으로 막았을 때, 숨겨두고 있던 단검에 마력을 불어넣어 왼손으로 찌른 것이리라.

그 틈을 놓치지 않고 제르는 듀그르드를 향해 돌진했으나 레서 데몬 한 마리가 그 앞을 가로막고 나섰다.

하지만 제르는 예상했다는 듯 여유 있는 움직임으로 레서 데몬을 베어버리고 진로를 바꾸어 다른 한 마리도 해치웠다.

"키메라 따위가아아아!"

고통스러운 기색이 역력한 목소리로 듀그르드는 노성을 질렀다.

"잘도…! 잘도 나를 상처 입혔겠다!"

하지만 제르가디스는 마족의 말에 코웃음을 쳤다.

"남을 애송이니 키메라 따위로 부른 것치곤 패턴이 단순하군. 벌써 바닥이 보여."

"너…! 이번에야말로 죽여주겠다!"

"그 말은 이미 여러 번 들었지만… 실현된 적은 한 번도 없군."

말하고 나서 주문을 외우기 시작하는 제르가디스.

입으론 이러니저러니 해도 역시 방금 일격은 꽤 대미지가 컸던 듯 듀그르드의 움직임엔 왠지 맥이 없었다.

"칫…."

듀그르드는 작게 혀를 한 번 차더니 갑자기 뒤쪽으로 물러나서 레서 데몬들에게 달려갔다.

"부… 분명 방금 공격은 조금 세긴 했다…. 하지만…."

듀그르드는 조용히 오른손을 치켜들더니…,

푸욱!

그 손으로 레서 데몬의 가슴을 뚫었다!

아니…?!

단말마의 비명을 지르고 쓰러지는 데몬.

"크흐… 흐흐흐흐."

그 검은 피를 전신에 뒤집어쓰면서 듀그르드는 낮은 웃음을 흘렸다.

"크훗…. 과연 효과가 있군…. 이 녀석들의 분노와 공포는…."

―이 녀석!

마족의 힘의 원천이 되는 것은 살아 있는 것들의 부정적인 감정.

듀그르드는 제르에게서 받은 대미지를 메우기 위해 레서 데몬을 자신의 손으로 죽이고 그 공포와 절망을 먹었던 것이다.

아무리 이 세계에 구현되는 방식이 다르다고 해도 이것은 명백히 동족을 잡아먹는 행위였다.

"자."

제르의 일격을 받은 충격으로 사라졌던 어둠의 덩어리들이 다시 만들어졌다.

"아까는 방심했지만 이번엔!"

크게 뒤로 물러나면서 주문을 외우는 제르가디스.

이 주문은—?!

"라 틸트?!"

그제야 듀그르드도 술법의 정체를 눈치챘다.

쑤욱.

어둠의 덩어리들을 남기고 듀그르드의 몸이 땅속으로 잠겨들었다.

아멜리아와 싸울 때 구두자가 구사한 것과 같은 전법이었다. 아스트랄 조각 하나를 미끼로 남겨두고 본체는 술법을 피하는, 이른바 도마뱀 꼬리 자르기.

제르가 주문 영창을 마쳤다.

하지만 듀그르드의 본체는 이미 땅속으로 모습을 감춘 뒤였다.

어쩔 수 없이 다른 표적을 찾는 제르.

듀그르드가 다시 나오는 순간을 노려 술법을 사용한다면 해치울 수도 있겠지만 레서 데몬들의 포화 속에서 그런 느긋한 행동을 할 수는 없었다.

그리고 다 외운 술법을 중단도, 해방도 하지 않고 계속 비축해 놓는 것도 불가능했다.

한순간 그의 시선이 아멜리아와 싸우고 있는 구두자에게 멈추었다.

하지만 구두자는 한창 아멜리아와 접근전을 펼치고 있었다.

라 틸트는 목표 하나에만 효과가 있는 술법이었지만 술법이 구사되었을 때 만들어지는 푸른색 빛에 휘말리면 어떻게 될지 알 수 없었다.

어쩔 수 없이 제르는 가까이 있는 레서 데몬에게 라 틸트를 발사했다.

화악!

푸른색 빛의 기둥에 휩싸이더니 다음 순간 레서 데몬의 몸은 그 자리에 무너졌다.

레서 데몬을 상대로 이 주문을 쓴 것은 조금 아깝다는 생각도 들지만… 뭐, 무위로 끝나지 않은 것만으로도 다행이니…. 그때를 노리고 있었던 듯 수풀 속에서 갑자기 듀그르드가 뛰쳐나왔다.

숲속에 이미 출현해 있다가 제르가 술법을 해방하기를 기다리고 있었던 건가?!

"헛손질만 했구나! 키메라 애송이!"

이미 듀그르드의 주위에는 어둠의 덩어리들이 떠올라 있었다.

그에 비해 제르는 주문을 쓴 직후였고, 검에 불어넣었던 마력도 지금은 거의 다한 상태였다.

어쩔 수 없이 주문을 외우면서 그는 마족과의 거리를 벌리려고 했다.

"놓칠 것 같으냐!"

듀그르드가 어둠의 덩어리들을 쏘아댔다.

"핫!"

아멜리아의 기합 소리가 울려 퍼졌다!

오른손에 불어넣은 마력으로 날아오는 구두자의 마력 충격파를 받아쳤다!

콰앙!

보이지 않는 힘과 힘이 충돌하자 공기가 소용돌이치고 바람이 웅웅거렸다.

그리고 그 바람이 걷히자….

"큭…."

역시나 전부 상쇄하진 못했는지 아멜리아는 작게 신음하고 조금 휘청거렸다.

"여자의 발을 묶어라!"

말하고 나서 단숨에 아멜리아에게 접근하는 구두자.

그 목소리에 응해 레서 데몬들이 아멜리아의 퇴로를 차단하는 형태로 플레어 애로를 발사했다.

뒤쪽에서 플레어 애로가 날아오자 어쩔 수 없이 아멜리아도 다시 주문을 외우면서 구두자를 향해 달려갔다.

―이런! 그녀가 양손에 만든 마력덩어리는 마력 충격파의 위력

을 상쇄시킨 시점에서 거의 힘을 잃었을 것이다. 지금 구두자의 품속으로 파고든다 해도 공격 수단은커녕 상대의 공격을 막을 방법조차 없다!

물론 그건 아멜리아도 알고 있을 것이다. 구두자의 사정거리에 들어가기 직전 그녀는 크게 옆으로 도약했다!

하지만 마족은 미리 예상하고 있었는지 그녀가 도약한 순간, 머리카락으로 그녀의 손과 발을 휘감았다!

"이번엔 놓치지 않겠다!"

구두자의 머리카락 한 줄기가 아멜리아의 목에 감겨왔다!

목을 조여 아멜리아의 주문을 봉쇄할 생각인가?!

하지만 휘감긴 머리카락이 그녀의 목을 조이려 할 때 아멜리아의 시선이 힐끔 옆으로 움직였다.

의미심장한 눈의 움직임이 신경 쓰였는지 구두자도 따라서 그쪽으로 시선을 돌렸다.

—마침 제르가디스가 다 외운 라 틸트를 쏠 상대를 찾아 구두자에게 시선을 돌린 그 순간이었다.

"?!"

제르의 주문이 무엇이었는지 깨닫고 공포와 당혹감으로 잠시 구두자의 움직임이 멈추었다.

하지만 제르는 곧 시선을 돌려 레서 데몬 한 마리에게 술법을 해방했다.

그제야 가슴을 쓸어내리고 현실로 돌아온 구두자.

그 순간, 아멜리아의 주문이 완성되었다!

"비스파랑크!"

"아뿔싸!"

눈치챘을 때에는 이미 늦었다.

쾅!

"그아아아아악!"

아멜리아의 마력이 서린 오른쪽 주먹을 배에 얻어맞고 마족은 날카로운 비명을 질렀다.

하지만 아직 치명상은 아니었다!

"이 녀석!"

방금 공격으로 오히려 불이 붙었는지 구두자의 머리카락이 아멜리아의 목을 조이기 시작했다.

우욱…!

아멜리아는 고통스러운 표정을 지으면서도 왼쪽 주먹을 휘둘렀다.

퍼억!

"우우우욱!"

비명을 지르기는 했지만 구두자는 더욱 화를 내며 계속 그녀의 목을 졸랐다.

털썩!

아멜리아가 오른쪽 무릎을 꿇었다.

구두자가 희미한 미소를 지었다.

하지만 다음 순간 솟구친 아멜리아의 주먹이 마족의 얼굴을 정통으로 가격했다!

"그아아아악!"

그곳은 구두자의 본체라고 해도 과언이 아니었다. 과연 이 공격에는 버티지 못했는지 아멜리아에게서 머리카락을 풀고 뒤쪽으로 크게 물러났다.

한편 아멜리아 쪽도 타격은 적지 않은 듯했다. 작게 콜록거리면서 그 자리에 털썩 주저앉았다.

그것을 기회로 여겼는지 한 마리의 레서 데몬이 그녀에게 몸을 돌렸다….

촤악!

순간 그 데몬의 상반신과 하반신은 깨끗하게 두 동강이 났다.

가우리의 빛의 검에 의해.

"가브 플레어!"

콰광!

내가 쏜 붉은 불길은 레서 데몬 두 마리를 멋지게 저세상으로 보냈다.

이걸로… 아홉 마리!

역시 이쯤 되니 데몬들의 숫자는 꽤 줄어들었다.

역시 에이스(격추왕)는 가우리였지만.

데몬들의 숫자가 줄고 플레어 애로의 숫자가 줄어들수록 가우리가 데몬들을 해치우는 속도도 빨라졌다.

그나저나 가우리의 실력은 역시 뛰어났다. 착실히 데몬들의 숫자를 줄이면서 다른 사람에 대한 지원도 잊지 않았다.

이제 레서 데몬들이 전멸하는 건 시간문제일 것이다.

하지만 제르와 아멜리아는 여전히 고전 중이었고, 그리고 무엇보다도 신경 쓰이는 것은….

—오싹.

갑자기 이루 형언할 수 없는 오한을 느끼고 나는 황급히 그 자리에서 물러났다.

방금 전까지 등지고 있던 숲 쪽을 돌아보니….

나뭇잎이 작게 부스럭거리는 소리와 함께 이윽고 나타나는 검은 그림자.

앗…?!

"즈마?!"

어째서 하필이면 이런 때 나타나는 거야! 이 녀석은?!

하지만 지금은 놀라고 있을 틈이 없었다. 황급히 주문을 외우기 시작하는 나. 솔직히 말해 나는 레서 데몬들보다 이 녀석 하나가 훨씬 무서웠다.

탓!

땅을 박차고 즈마가 달렸다. 똑바로 나를 향해서!

"파이어 볼!"

내가 쏜 빛의 구슬을 즈마는 가볍게 피해냈다.

하지만!

빛의 구슬과 즈마가 엇갈리는 그 순간.

나는 손가락을 딱! 튕겼다!

"브레이크!"

콰광!

빛의 구슬은 폭발해서 붉은 불꽃을 흩뿌렸다.

어레인지 버전의 술법이었다. 이것은 제대로 명중했을 터!

하지만 예전에도 즈마는 내 파이어 볼을 맞으면서도 계속 달려 온 적이 있었다.

아무래도 꽤 고위 방어주문을 구사하는 모양.

그렇다면 당연히 방금 전 일격으로 치명상을 입었는지 어땠는 지가 의문이었다.

집중을 흐트러뜨리지 않고 나는 다음 주문을 외웠다.

이번엔 방어 못 할 술법으로 한 번에 해치워버리겠다!

내가 예상한 대로 얼마 후 불꽃 안에서 나를 향해 뛰쳐나오는 검은 그림자 하나!

주문은 이제 막 외우기 시작한 참이었다. 나는 어쩔 수 없이 물러나면서 섀도 스냅용 나이프를 품에서 꺼내 즈마 쪽으로 집어 던졌다!

즈마가 섀도 스냅으로 착각하고 발길을 멈춰준다면 고맙겠지만…

거들떠보기는커녕 한층 빠른 속도로 돌진하는 즈마.

내가 던진 나이프를 받아 들더니 다시 나를 향해 던졌다!

조준은 머리!

우와아아아앗?!

황급히 몸을 낮추었다. 하지만 동요한 것이 잘못이었는지 나는 완전히 균형을 잃고 뒤쪽으로 휘청거렸다.

슈욱!

그 머리 위를 즈마가 던진 나이프가 스쳐 지나갔다.

간신히 피했다!

하지만 태세는 바로잡을 수 없었다!

털썩 엉덩방아를 찧는 나. 그 눈앞에 즈마가 닥쳐왔다!

주문은… 아직!

에잇! 하늘에 운을 맡기고 발차기라도 날려볼 수밖에 없나?!

오히려 다리가 부러질 우려가 있었지만 이제 와서 도망친다 해도 도무지 따돌릴 수 있을 것 같지가 않았다. 그렇다고 하면 발버둥이라도 쳐볼 수밖에!

내가 각오를 단단히 한 그 순간.

즈마의 발이 딱 멈추었다.

그 눈앞을 스쳐 지나가는 빛줄기 하나.

―빛의 검!

즈마는 조용히 그 시선을 가우리에게 돌렸다.

"오랜만이군."

빛의 검을 오른손에 든 채 가우리가 말했다.

―물론 그 말에 대답할 즈마는 아니었지만.

"리나, 먼저 데몬들을 부탁해! 나는 일단 이 녀석을 어떻게 할 테니까!"

"알았어."

말하고 나서 나는 일어섰다.

내가 생각해도 근성이 없었지만 여기서 무의미하게 고집을 부려봤자 의미가 있기는커녕 발목만 잡는 결과가 될 것이다.

나는 주문을 외우면서 남은 레서 데몬들을 해치우러 달려갔다.

한 걸음.

빛의 검을 손에 든 채 가우리는 조금씩 암살자와의 거리를 좁혔다. 이 싸움은 분명히 말해 가우리 쪽이 유리했다.

아무튼 그는 빛의 검을 들고 있었으니 즈마로서는 칼의 평탄면을 쳐서 튕겨낸다든지 양손으로 검을 붙잡아 부러뜨리는 특유의 패턴은 쓸 수 없었다.

즈마에겐 주문이 있었지만 가우리와 육박전을 펼치면서 주문을 외운다는 건 거의 무리였다.

"핫!"

가우리가 단숨에 거리를 좁혔다.

동시에 즈마는 크게 뒤쪽으로 도약했다.

"플레어 애로."

암살자의 눈앞에 출현한 스물에 가까운 플레어 애로가 가우리를 향해 날아갔다!

"또 플레어 애로냐?!"

투덜거리면서도 돌진 속도를 늦추지 않고 날아오는 불꽃의 화살을 피하거나 빛의 검으로 떨구었다.

즈마 역시 자신이 쏜 주문의 뒤를 따르는 모양새로 가우리를 향해 돌진했다!

그리고 두 사람이 교차했다!

가우리는 빛의 검을 내리쳤다….

파직!

하지만 즈마는 그 일격을 자신의 왼손으로 막았다!

아멜리아와 마찬가지로 손바닥에 증폭시킨 마력을 모아 그것을 방패 대신으로 쓴 모양인데….

이 녀석! 대체 어느 틈에 주문을?!

동시에 즈마는 오른손을 가우리에게 뻗었다!

"칫!"

안 좋은 예감을 느꼈는지 황급히 뒤로 물러나는 가우리.

두 사람은 다시 거리를 두고 대치했다.

좌악!

모래먼지를 일으키면서 제르는 가까운 곳에 뒹굴고 있는 레서 데몬의 시체 뒤로 미끄러져 숨었다.

퍼엉!

직후에 듀그르드가 쏜 어둠의 덩어리가 데몬의 몸에 작은 구멍을 뚫었다.

"멍청한 놈! 그걸로 숨었다고 생각하느냐?"

소리를 지르며 듀그르드가 도약했다!

데몬의 몸을 뛰어넘어 제르가디스의 머리 위에서 덮쳐왔다!

하지만!

슈욱!

은색 빛이 허공을 갈랐다!

"크아아아아아아악!"

듀그르드의 비명이 주위에 울려 퍼졌다.

그대로 땅에 떨어져 뒹굴었다.

거의 동시에 데몬의 시체 뒤에서 훌쩍 일어서는 제르가디스.

주문이 그제야 완성되었는지 그가 들고 있는 브로드 소드에는 다시 불그스름한 광채가 어려 있었다.

"바보는 네놈이다!"

말이 끝나자마자 듀그르드를 향해 돌진했다!

촤악!

이번에야말로.

제르가디스의 브로드 소드는 간신히 일어선 듀그르드의 몸을 정확히 베었다.

"크아아아아아아악!"

마족의 절규가 울려 퍼졌다.

하지만… 아직 듀그르드는 쓰러지지 않았다!

"크으…!"

신음 소리를 내면서도 왼손으로 자신의 가슴에 박힌 단검을 뽑았다.

물론 이것도 마력을 불어넣은 단검이었을 것이다.

"아까 내가 마력을 불어넣은 단검이 한 자루뿐이라고 생각했나? 같은 수법에 참 여러 번도 당하는군.

큰소리치더니 결국 힘으로 밀어붙이는 것 외엔 재주가 없는 거냐? 마족이라는 건."

지금까지 받았던 모욕에 대한 답례라는 듯 있는 대로 퍼붓는 제르.

물론 이 지경까지 몰렸으니 듀그르드에겐 반론의 여지가 없었다. 레서 데몬들은 이미 대부분 전멸했고 나머지는 나와 놀고 있었다. 아까와 같은 회복술은 쓰기 힘들 것이다.

"제길! 제길!"

하지만 마족은 투지를 잃지 않았다.

"죽인다! 죽여버리겠다!"

외치고 나서 듀그르드는 망토를 펄럭이며 달리기 시작했다.

속으로 주문을 외우면서 아멜리아는 천천히 일어섰다.

발걸음은 아직 휘청거렸지만.

"끝장을… 내주마…."

고통스러운 목소리로 신음하는 구두자.

이미 양쪽 모두 상당한 대미지를 입은 상태였다.

다시 돌진하는 아멜리아!

구두자의 머리카락이 꿈틀거렸다!

"비스파랑크!"

그리도 다시.

아멜리아는 두 손에 마력을 불어넣었다.

하지만.

파사삿!

마력이 어린 그 양손을 구두자의 머리카락이 휘감았다.

마력에 상쇄되어 구두자의 머리카락 일부가 소멸했다.

"크으으으으윽!"

개의치 않고 계속해서 머리카락을 휘감았다.

어느 정도의 대미지는 각오하더라도 이렇게 해서 아멜리아가 두 손에 불어넣은 마력을 상쇄시킨 다음,

그녀를 해치울 생각인가?!

머리카락은 이윽고 아멜리아의 전신에 휘감겼다.

하지만 포기하지 않고 아멜리아는 다음 주문을 외우고 있었다.

구두자가 작게 웃었다.

"이 상태에서 머리카락으로 마력을 내뿜으면 어떻게 될까?"

과연 그 말에는 한순간 말문이 막히는 아멜리아.

"시도해보는 건 이번이 처음이지만 말야!"

우우웅!

무수한 머리카락이 작은 날벌레 소리와 비슷한 소리를 냈다.

소리도 지르지 못하고 아멜리아가 몸을 꿈틀, 뒤로 젖혔다.

"크아아아아아아아악!"

하지만 나무들 사이에 메아리치는 단말마의 비명은 구두자의 것이었다.

듀그르드의 오른손이 뒤에서 구두자의 머리를 관통했던 것이다!

"듀… 듀그르… 드…."

긴 머리카락이 힘을 잃고 무수한 어둠의 조각이 되어 허공에 녹아들었다.

아멜리아는 속박에서 풀리자 곧바로 땅에 주저앉으면서도 어디서 기력이 샘솟았는지 다음 주문을 외우기 시작했다.

"저…! 키메라 녀석을 꼭 죽여야 한다!"

증오가 담긴 목소리로 듀그르드가 말했다.

"그러니까…! 구두자! 너의 남은 힘을 좀 빌리도록 하겠다!"

이 녀석!

레서 데몬들뿐만 아니라 구두자까지 먹으려고 하다니?!

제르의 도발에 완전히 이성을 잃은 건가?!

"너… 너 이놈…."

같은 편으로 알았던 마족을 비난하는 구두자의 목소리가 중간부터 바람에 녹아 사라졌다.

쏴아.

구두자의 몸은 무수한 검은 먼지가 되어 바람에 날려 허공에 흩뿌려졌다.

"아직!"

듀그르드의 몸이 휘청 기울더니,

자신을 향해 다가오는 제르 쪽으로 시선을 돌렸다.

"아직… 부족해…. 힘이…!"

역시 아까 제르에게서 입은 대미지가 컸던 듯 약해져 있던 구두자의 단말마를 먹은 정도로는 곧바로 회복되지 않는 모양이었다.

그때….

"에르메키아 란스!"

공격은 뒤에서 날아왔다.

"크악!"

견디지 못하고 비명을 지르는 듀그르드.

물론 아멜리아가 쏜 일격이었다.

"너…! 너… 이 녀석…!"

무심코 그녀 쪽을 돌아보는 듀그르드.

그 순간.

촤악!

뒤쪽에서 제르의 검이 마족의 등을 정확히 베었다!

"……!"

쏴아!

이번에야말로….

단말마의 비명을 지를 틈도 없이 듀그르드의 몸은 검은 먼지가 되어 대지에 검게 흩뿌려졌다.

"*겨우 끝났군….*"

"예. 이쪽은요."

제르의 말에 아멜리아는 작게 미소를 지었다.

탓!

그리고 스마가 땅을 박찼다!

드높이 공중에 뜬 암살자를 향해 가우리는 빛의 검의 칼날을 발사했다.

피잉!

하지만 스마는 왼손에 만들어낸 마력으로 가볍게 튕겨내고 답례라는 듯 오른손에 만든 마력덩어리를 가우리에게 집어 던졌다.

"큭!"

다시 검의 칼날을 만들어서 간신히 튕겨내는 가우리.

"다크 미스트[黑霧炎]."

계속해서 주문을 해방하는 스마. 이 녀석! 대체 어느 틈에 주문을?!

이 주문은 주위를 어둠으로 뒤덮는 술법으로 공격력은 전무했지만 이것에 감싸인 공간은 시야가 완전히 제로가 되었다.

가우리의 모습이 한순간 어둠 속으로 사라졌지만…,

곧 그곳에서 뛰쳐나와 즈마와 맞서기 위해 다시 검을 들고 자세를 취했다.

하지만,

콰앙!

마력의 충격파는 옆에서 날아왔다.

즈마는 다크 미스트로 가우리의 시야에서 벗어난 직후 대체 어떻게 했는지 모르겠지만 공중에서 궤도를 바꾸어 옆에서 공격을 가했던 것이다.

바람 소리를 들었는지 혹은 단순한 감이었는지, 가우리는 한순간 녀석의 속셈을 간파하고, 돌면서 빛의 검을 휘둘렀다!

채앵!

공기가 날카로운 비명을 질렀다.

가우리의 빛의 검은 즈마가 쏜 마력 충격파를 너무나 쉽게 두 동강 냈다.

개의치 않고 그에게 돌진하는 즈마.

가우리가 빛의 검으로 자세를 취했다.

검의 사정거리에 들어가기 바로 직전, 즈마가 크게 오른손을 휘둘렀다.

—마력 충격파?!

"앗?!"

도무지 피할 수 있는 거리가 아니었다. 어쩔 수 없이 가우리는 빛의 검으로 다시 베어냈다.

기회를 놓치지 않고 즈마가 달려들었다!

한 손으로 검을 들고 있는 손을 묶어놓고 다른 한 손으로 공격을 가할 생각인가?!

그것을 간파한 가우리가 검을 들고 있는 손목만을 틀어 지근거리에서 즈마를 향해 칼날을 쏘았다!

하지만 조준이 정확하지 못했는지, 아니면 이미 간파당했는지 암살자는 가볍게 몸을 틀어 말 그대로 간발의 차이로 피했다.

가우리의 목을 노려 뻗어오는 즈마의 오른손!

하지만 가우리는 몸을 뒤로 눕히면서 즈마의 배를 걷어찼다!

암살자는 신음 소리 한 번 지르지 않고 크게 뒤로 도약해서 착지했다.

"플레어 애로!"

그 순간을 노려 옆에서 공격한 것은 듀그르드를 해치운 제르가디스였다!

아무리 즈마라도 피할 수 있는 거리가 아니었다!

하지만!

파직!

즈마가 오른손을 한 번 휘두르자 날아오던 플레어 애로는 모두 흩어져버렸다!

"이럴 수가!"

한순간 발을 멈추고 경악한 나머지 소리를 지르는 제르.

"성가시다!"

외침과 동시에 즈마가 오른손으로 쏜 마력 충격파가 정통으로 제르에게 명중했다!

말도 안 돼!

"으악!"

그대로 날아가는 제르가디스.

—내가 마지막 레서 데몬을 해치운 것은 바로 그때였다.

"아멜리아! 제르의 회복을 부탁해!"

그녀에게 제르를 회복시켜줄 것을 부탁한 나는 주문을 외우면서 싸움을 벌이고 있는 즈마와 가우리 쪽으로 향했다.

아멜리아와 제르는 상당한 대미지를 입은 상태였다. 지금은 도무지 즈마를 상대로 싸울 수 있는 상태가 아니었다.

하지만… 방금 즈마의 공격 패턴은….

어쩌면… 혹시…?

어찌 됐든 해볼 수밖에!

가우리와 즈마의 거리가 벌어지기를 기다렸다가 나는 주문을 해방했다.

"레자스 브리드[獸王牙操彈]!"

이것은 내가 최근에 개발한 주문인데, 증폭을 해야 비로소 발동

하긴 하지만 그 위력은 다이나스트 브라스, 라그나 블래스트 등과 거의 동급이고, 역시 마족에게도 효과가 있는 주문이었다.

적 하나에게만 유효하지만 근본적으로 다른 점은 움직임을 조절할 수 있다는 것.

쉽게 말해 이 술법은 피하는 것도, 막는 것도 불가능했다.

—인간이라면.

'힘 있는 말'에 부응해서 내 손끝에 생겨난 빛의 띠가 즈마를 향해 돌진했다!

이상을 감지하고 몸을 피하는 즈마. 하지만 내 '사고'에 즉각적으로 반응해서 빛의 띠는 궤도를 바꾸었다!

가우리도 주문에 맞을 것을 경계했는지 즈마로부터 떨어졌다.

속으로 주문을 외우는 즈마.

그것은 전에 내가 몇 번 들은 적 있는 것과 똑같은 박자였다.

—역시!

온몸에 식은땀이 흘렀다.

동시에 주문이 완성되었는지 별안간 즈마가 발길을 멈추었다.

내가 쏜 빛의 띠가 정확히 그에게 명중했다.

째애애애애앵!

그 순간 빛의 띠가 날카로운 소리를 내며 부서졌다.

그 자리에는 태연하게 서 있는 즈마의 모습.

막아낸 것이다. 내 술법을. 너무나 가볍게.

"즈마… 너…."

나는 굳은 목소리로 말했다.

"동화한 거구나! 세이그람과!"

"그렇다."

암살자의 얼굴을 덮은 천 아래에서 흘러나온 목소리는 틀림없이 얼굴 없는 마족이었다.

"나는 힘의 대부분을 잃었고 이 남자는 양팔을 잃었다.

모두 너희들 두 사람에 의해.

나는 이 남자의 생각을 읽고 제안을 했다.

—잃어버린 힘을 되찾을 생각은 없느냐고."

그제야 나는 이해했다.

전에 베젠디에서 싸웠을 때 어째서 '얼굴 없는 세이그람'이 다시 가면을 쓰고 있었는지.

어째서 어둠의 결계가 깨지고 가면이 깨진 것만으로도 퇴각했는지.

아마 가면 밑에 있던 암살자 즈마의 얼굴을 감추기 위해서였을 것이다.

즈마가 그답지 않은 행동을 한 것도, 세이그람의 전투 패턴이 바뀐 것도 이 때문이었다.

"언젠가… 반드시 해치우겠다고…."

암살자는 세이그람의 목소리로 말했다.

"나는 너에게 그렇게 말했다. 하지만 그 검에 의해 입은 상처는

단시간에 회복할 수 없었다….

그래서 나는 이 남자와 동화했다. 마족 본래의 모습을 버리고."

나와 가우리에 대한 복수만을 위해 마족으로서의 자신조차 버린 건가…?!

"그래서—? 랄타크의 알선으로 옛날 마족 동료들을 불러내어 우리에게 싸움을 건 거구나….

하지만 대체 무슨 꿍꿍이지? 랄타크는."

"알 필요 없다. 어차피 죽을 테니."

즈마의 목소리였다.

온다!

대지를 박차고 '즈마'가 질주했다! 중간에 맞서기 위해 돌아가는 가우리.

섣불리 공격하는 건 위험했다. 지금의 '즈마'는 어지간히 큰 기술이 아닌 한, 주문을 외우는 시간이 필요 없으니까.

나도 다시 주문을 외우기 시작했다.

'즈마'는 일단 가우리를 향해 달려갔다. 아무리 '즈마'라고 해도 빛의 검을 들고 있는 가우리는 나를 공격하는 틈틈이 싸울 수 있는 상대가 아니었다.

'즈마'가 다시 마력의 충격파를 쏘았고 가우리의 빛의 검이 그것을 베어냈다.

순간 '즈마'가 크게 위로 도약했다. 가우리의 머리 위 높은 곳에서 밑에 있는 가우리를 향해 잇달아 충격파를 쏟아부었다!

"우오옷?!"

위쪽을 향해 빛의 검을 휘두르는 가우리. 하지만 이번 공격은 버거웠는지 막아내기에 급급했다.

그 가우리를 향해 위쪽에서 강하하는 '즈마'! 격돌하기 직전 왼손에 마력덩어리를 만들어내서 그 손을 빛의 검의 칼날로 뻗었다!

지금이다!

"에르메키아 란스!"

나는 술법을 해방했다!

과연 이번엔 피할 수 없었는지 술법은 '즈마'에게 명중했다!

하지만 그래도 '즈마'의 움직임은 멈추지 않았다!

파직!

마력과 빛이 충돌했다.

'즈마'는 그곳을 중심으로 빙글 몸을 회전시켜 그 기세를 이용해서 가우리를 걷어차려고 했다!

"우왓!"

황급히 뒤쪽으로 물러나는 가우리. '즈마'의 발길질이 가슴 앞을 스쳐 지나갔다.

—아니, 스쳐 지나가야 정상이었다.

퍼억!

무딘 소리를 내며 가우리의 가슴 갑주가 가슴 부분에서 쩌억 갈라졌다!

발끝에 무언가 장치를 한 건가?!

"이런!"

놀라 소리를 지르는 가우리.

둘로 나뉜 가슴 갑주가 한순간 그의 움직임을 무디게 했다.

하지만 '즈마'에겐 그 한순간이면 충분했다.

퍼억!

마력 충격파를 정통으로 얻어맞고 가우리는 크게 뒤쪽으로 날아갔다!

"가우리!"

내 목소리가 들렸는지 그는 미미하게 몸을 움직였다.

아무래도 일어서려는 모양이었지만 역시 지금의 대미지가 컸는지 그저 버둥대고 있을 뿐이었다.

한편 '즈마'도 쓰러지지는 않았지만 휘청거리고 있었다.

내가 쏜 에르메키아 란스를 얻어맞은 대미지 역시 작지 않았던 것이다.

하지만 아직 여력은 있었다.

"이걸로 결판을 내겠다."

중얼거린 목소리가 암살자의 것인지, 아니면 마족의 것인지는 알 수 없었다.

"그만둬요!"

막 움직이려던 찰나, 나와 '즈마'의 움직임을 멈추게 한 것은 숲속에서 난 목소리였다.

─으아아아아! 어째서 이럴 때 나오는 거야?!

"이제… 됐잖아요….

중얼거리듯 말하면서 아벨은 우리들 앞에 나타났다.

그런 그에게 '즈마'는 조용한 시선을 보냈다.

"이제… 됐잖아요! 왜 죽이려는 거죠?!"

―잠시 침묵한 후 '즈마'는 시선을 아벨에게서 내 쪽으로 돌렸다.

"대답해요! 아버지!"

―뭐?

아벨의 외침에 한순간 내 머릿속이 새하얘졌다.

아버지… 라니…?

암살자는 다시 시선을 조용히 아벨에게 돌렸다.

"어떻게… 알았지…?"

피를 토하는 듯한 그 목소리는 틀림없는 러독 란자드였다.

"부자지간이잖아요! 안 그래요?!"

금방이라도 울 것 같은 목소리로 외치는 아벨. 러독…, 지금은 마족과 동화한 즈마는 역시 조용히 시선을 돌렸다.

그랬구나….

다른 사람을 미끼로 우리들을 유인한다든지 인질을 잡는 행위가 즈마답지 않다고 생각했더니만….

그런 것이 아니라 아예 자기 자신을 미끼로 썼던 것이다.

자기 자신에게 '죽고 싶지 않으면…'이라는 편지를 써서 말이다.

물론 우리들을 해치운 후엔 아무 일도 없었다는 듯 지내다가 사건이 잊힐 때쯤 뻔뻔하게 '역시 나는 녀석들을 유인하기 위한 도구에 불과했던 거야'라고 말할 생각이었을 것이다.

계속해서 우리들에게 호통을 쳤던 것은 뿜어 나올 듯한 살기를 얼버무리기 위함이었으리라.

—아마 아벨 역시 러독이 뒤에서 청부 살인을 하고 있다는 사실은 어렴풋이 알고 있었을 것이다.

그래서 이것저것 트집을 잡아서 우리들을 내쫓으려 했던 것이다.

"기도나 해라…, 아벨…."

암살자는 작은 소리로 말했다.

러독 란자드의 목소리로.

"리나 인버스가 승리하기를….

아니면…

난 너를 죽여야만 하니까…."

"어째서지…?"

이번엔 내가 그에게 물었다.

"어째서 번듯한 사업체도 있고 유복한 생활을 하고 있으면서…

왜 뒤에서 '즈마'라는 이름의 암살자로 활동했던 거지…?"

"나도… 모르겠군…."

그는 작게 고개를 저었다.

"그리고 무슨 말을 하든 변명에 불과해.

나는 이런 식으로밖에 살지 못하는 사람이야.

─그뿐이다."

전신에 소름이 오싹 돋았다.

황급히 주문을 외우기 시작했다.

"간다."

말한 그 목소리는 이미 암살자 즈마의 것이었다.

나는 달렸다!

가우리 쪽을 향해.

'즈마'에게 통상적인 주문이 통하지 않는다는 것은 이미 입증된 사실. 마족에게 대미지를 입힐 수 있는 술법도 인간의 마법 기술과 마족의 마력 용량을 가진 그라면 막아낼 수 있을 것이다.

드래곤 슬레이브를 쓴다 해도 이길 수 있을지 자신이 없었다.

과거에 내 드래곤 슬레이브를 막아낸 남자도 사람과 마족의 융합체였다.

그렇다면 쓰러뜨릴 수 있는 방법은 오직 하나.

에르메키아 란스의 대미지에서 회복되지 않았을 때 접근전으로 승부하는 것.

─상당히 승산이 없는 승부였지만.

"빛의 검인가?! 어림없다!"

소리를 지르며 내 앞을 가로막는 '즈마'. 다소 움직임이 무뎌지긴 했지만 그래도 아직 상당한 속도였다.

―에잇! 도 아니면 모다!

주문은 이미 다 외운 상태였다.

"라그나 블레이드!"

외친 내 손안에 어둠의 칼날이 만들어졌다.

이 술법은 세이그람도, 즈마도 모를 것이다! 이것에 맞으면 아무리 '즈마'라도….

"아니?!"

놀라 소리치면서도 좌우 두 손바닥에 마력을 불어넣어 왼손으로 내 암흑의 검을 막았다!

이런?! 이 패턴은?!

왼손으로 막고 오른손으로 공격하면 솔직히 피해낼 자신이 없었다!

하지만!

"크아아아아아아아악!"

절규하며 뒤로 물러난 것은 '즈마'였다.

암흑의 칼날이 '즈마'가 손바닥에 불어넣은 마력과 함께 그 왼손을 너무나 쉽게 베어냈던 것이다.

이런 위력은 '즈마'는 물론이고 나로서도 전혀 예상 못 한 것이었다.

혹시 이거 빛의 검보다 센 거 아냐…?

탓!

몸을 돌리고 '즈마'가 땅을 박찼다!

그가 달려가는 방향에는… 가우리!

설마 이 녀석?!

황급히 뒤를 쫓는 나.

말도 안 돼! 아마도 '즈마'는…!

하지만 따라잡을 수 있을 리 없었다. 손쉽게 '즈마'는 몸을 일으키려던 가우리 앞에 도착했다.

퍼억!

"크윽!"

옆구리를 걷어차인 가우리가 굴렀다. '즈마'는 그 자리에 웅크렸다….

늦지 않아야 할 텐데!

그 뒤에서 내가 어둠의 검으로 내리쳤다!

째애앵!

공간이 삐걱거리는 비명을 질렀다.

'즈마'는 간발의 차이로 내 어둠의 검을 막아냈다.

오른손에 들고 있는 빛의 검으로.

역시 마족의 마력 용량으로 지탱되고 있는 까닭에 꿈쩍도 하지 않았다.

어둠이 만들어낸 빛의 검과 인간이 만들어낸 암흑의 검. 두 개가 잠시 힘겨루기를 했다.

—몸을 뒤로 뺀 것은 과연 어느 쪽이 먼저였을까?

나와 '즈마'는 거리를 벌리고서 대치하고 있었다.

그의 왼손은 이미 쓸모없어진 상태였고 소모도 상당해 보였다.

하지만 나의 이 기술 역시 마력 소모가 격심했다.

이러고 있는 순간순간마다 피로가 누적되고 있다는 것을 스스로도 분명히 느낄 수 있었다.

싸움이 길어지면… 지는 것은 분명 내 쪽일 것이다.

"끝내겠어. 이번 일격으로!"

"덤벼라."

그 말에 부응해서 나는 달렸다! 암흑의 검을 들고.

눈앞에 들이닥치는 '즈마'의 모습! 빛의 검을 치켜들었다.

암살자의 움직임이 갑자기 멈추었다.

촤악!

순간.

나의 어둠의 검이 '즈마'의 배를 베었다.

"—아버지!"

라고 외치면서 아벨이 달려갔다.

땅에 쓰러진 '즈마'… 아니, 러독 란자드에게로.

"아버지! 아버지!"

외치면서 러독의 몸을 흔들었다.

나는 어둠의 검을 거두고 두 사람에게 시선을 돌렸다.

이윽고 그는 희미하게 눈을 떴다.

"아버지!"

"나의 모습을 비웃어라…, 리나 인버스…."

하지만 그의 입에서 나온 목소리는 얼굴 없는 마족 세이그람의 것이었다.

"너희들을 쓰러뜨리기 위해… 이 인간과 동화했고…

결국은…

이 인간의 마음 때문에 나는 패배했다…."

─그랬다.

어둠의 검이 그의 배를 베어낸 그 순간.

그가 보고 있던 것은 내가 아니라 자신의 아들 아벨 란자드였다.

그 순간 러독은 대체 무슨 생각을 하고 있었을까?

그것을 확인할 방법은 이미 없었다.

"비웃도록… 해라…."

다시 한번 그 말만을 하더니….

그의 오른손이 힘없이 축 늘어졌다.

"……."

무언가 말을 하고 싶은 눈치였지만 역시 아무 말도 하지 않고 아벨은 우리들에게 꾸벅 고개를 숙였다.

다시 베젠디 시티.

아벨을 이곳까지 바래다준 후의 일이었다.

이곳까지 돌아오는 길에도 그는 계속 말이 없었다.

하지만 드문드문 들려준 이야기의 단편들을 종합해보면….

러독이 여행을 좋아했던 것은 천성이었다고 한다.

하지만 언제부터인가 아벨은 아버지에게서 약간의 위화감을 느끼기 시작했다.

—아마 그 무렵부터였을 것이다. 러독이 '즈마'라는 이름으로 암살자의 길을 걷기 시작한 것은.

이유는….

결국 알지 못한 채 끝났다.

얼마 전에도 여행을 떠났다가 여행길 도중에 알게 되었다며 랄타크를 데리고 왔다고 한다.

위화감은 더욱 커졌다.

하지만 이를 캐물을 기회를 잡지 못한 채, 이윽고 우리들이 찾아왔고—

아벨은 빙글 발걸음을 돌리더니 이윽고 베젠디 시티의 인파 속으로 모습을 감추었다.

약속했던 의뢰비는 지불하겠다.

그는 그렇게 말했지만 나는 거절했다.

왠지는 스스로도 알 수 없었지만.

"괜찮을까요? 저 사람."

아멜리아는 작게 중얼거렸다.

"괜찮을 거야, 분명."

나는 대답했다. 확신을 가지고.

"그건 그렇고…."

제르는 제로스를 도끼눈으로 바라보면서 말했다.

"넌 이번에는 대체 뭘 하고 있었던 거지?!"

"아니, 그게, 핫핫핫."

머리를 긁적이며 웃음으로 얼버무리는 제로스.

실은 아직도 함께 다니고 있는 중이었다.

"마지막 싸움 때에도 결국 싸움이 끝난 후에야 뻔뻔스럽게 나타나고 말이지."

"뭐… 그때에는 갑자기 데몬들의 꼬리에 얻어맞고 수풀 속에서 정신을 잃었거든요. 핫핫핫."

"원 참…."

제르가 더 이상 추궁하지 않는 것을 보건대 나를 한 번 구했을 때 났던 제로스의 목소리는 역시 나에게만 들렸던 모양이다.

"그런데 리나,

그 랄타크인가 하는 녀석은 결국 어떻게 되었지?"

"몰라."

묻는 가우리에게 무덤덤하게 대답하는 나.

결국 랄타크는… 싸움의 혼란을 틈타 모습을 감춘 상태였다.

"모른다니… 너. 그런…."

"내버려두면 언젠가는 싫어도 그쪽에서 나타날 거야. 뭐, 그런 것보다."

나는 밝은 목소리로 크게 외쳤다.

"어서 가자! 딜스로!"

에필로그

휘잉….

밤의 어둠을 가르는 바람이 희미한 풀 냄새를 실어왔다.

조금 큰 마을이라면 여관 겸 술집의 술렁임이 이런 시간에도 들려오기도 하지만.

아까 지나쳤을 때 술집에는 손님은커녕 카운터에 사람조차 없었다.

뭐, 이런 외딴 마을이라면 그게 당연할지도 모르겠지만.

딜스 왕국으로 통하는 샛길.

마을에 한 곳밖에 없는 여관에는 우리 일행 외에 다른 손님의 모습은 보이지 않았다.

여관 주인의 말에 따르면 손님이 있는 편이 드물다고 한다.

그런데도 어떻게 생계를 꾸리고 있는 건지….

어쨌거나 나는 밤중에 혼자 몰래 여관을 빠져나와 여관 주위를 얼쩡거리고 있었다.

―물론 도적 사냥을 갈 생각은 아니었고, 할 일 없이 산책을 하고 있는 것도 아니었다.

기다리고 있었던 것이다.

그리고… 그것은 생각보다 일찍 찾아왔다.

"산책하시는 겁니까?"

목소리는 내가 여관 뒤쪽으로 돌아갔을 때 들려왔다.

주위에는 나무 울타리와 수레, 뭔지 모르겠지만 수북이 쌓인 나무 상자 등이 빛나는 보름달 아래 검은 그림자가 되어 뭉쳐져 있었다.

"아니."

나는 조용히 고개를 저었다.

"널 기다리고 있었어, 제로스."

"헤에…."

어둠의 색을 한 신관은 그렇게 말하고 가까이 있는 나무 울타리에 기댔다.

"어째서죠?"

"일단 고맙다는 인사를 하려고. 어디까지나 일단이지만."

"인사요?"

"그래. 일이 마무리된 후에야 겨우 네가 이번 사건에서 무엇을 하고 있었는지 알 것 같았거든."

"뭔데요?"

"랄타크에 대한 견제와…

그리고 아마 나에 대한 테스트."

"호오…."

재미있다는 듯 대답한 제로스의 전신이 어둠에 스윽 녹아 사라졌다.

"언제 눈치채셨죠?"

소리가 난 곳으로 고개를 돌리자 수북이 쌓인 나무 상자 위에 달을 등지고 앉아 있는 제로스의 모습.

"제가 마족이라는 것을….."

"비교적 처음부터야."

말하고 나는 작게 미소 지었다.

"전에 내 술법을 봉인한 마젠다…. 그런 짓은 분명히 말해 인간이 할 수 있는 일이 아니었어. 나도 실제로 비슷한 술법을 연구해 본 적이 있어서 알아….

그런 녀석을 너무나 쉽게 해치워버리는 녀석이 인간일 리가 없지."

"이런…. 그럼 거의 처음부터 들통이 났던 거로군요. 핫핫핫."

여느 때와 다름없는 넉살좋은 웃음.

"맞습니다. 마젠다 씨도 마족이었지요."

"하지만 그 녀석을 네가 해치운 걸 보면 그쪽에도 여러 가지로 사정이 있다는 거겠군.

랄타크와도 같은 편이라는 분위기는 아니었고."

"뭐, 그건… 비밀입니다."

검지를 입술에 대고 그는 여느 때와 같은 어조로 말했다.

상대가 평범한 녀석이라면 강제로 실토시킬 수도 있겠지만 유감스럽게도 나는 이 녀석을 이길 수 없었다.

―지금은 아직.

"…그렇지만 뭐랄까요…. 랄타크 씨와는 '내 정체를 다른 사람에게 밝히지 마라. 대신 나도 네 정체를 누설하지 않겠다. 이번엔 서로 간섭하지 않는 거다'라는 약속을 했는데….

당신이 이미 알고 있었으니 별 의미는 없었던 것 같군요."

"다른 사람은 아직 눈치채지 못했을 거야."

"특히 가우리 씨 말이죠?"

그의 말에 나는 쓴웃음을 지었다.

"뭐, 그 녀석은 원래 그런 녀석이니까….

제르와 아멜리아는 어렴풋이 수상하게 생각하는 모양이지만 마족이라는 데까지는 아직 생각이 미치지 못한 것 같아.

―그런데 제로스라는 건 본명이야?"

"예, 수신관(獸神官) 제로스. 그레이터 비스트[獸王] 제라스 메타리옴을 받드는 일족이지요.

…물론 지금은 다른 일을 하고 있습니다만."

말하고 나서 그는 쓴웃음을 지었다.

"처음에는 '사본'을 이 세상에서 없애는 것이 제 역할이었습니다.

가령 지난번 키메라가 양산이라도 된다면, 저 정도의 마족이라면 모를까, 하급 마족들은 상당히 곤란해지니까요.

그리고 사본은 결국 사본입니다. 불완전한 부분이 너무 많지요.

예전의 그 키메라도 본래대로라면 인간이 제대로 조종할 수 있

어야 정상이었고, 딜스 왕궁에 있던 기술 같은 경우도….”

“……?!”

나는 무심코 숨을 삼켰다.

“설마… 로드 오브 나이트메어?!”

내 말에 제로스는 드물게 얼굴을 찌푸리더니,

“함부로 그 이름을 입에 담지 마십시오!”

꽤 강한 어조로 말했다.

“그 이름조차… 저 정도의 마족이 귀에 담기에는 과분한 이름
….”

그렇게 강대한 존재였단 말인가…. 그것이…?

나는 ‘마왕들 중에서 가장 강한 녀석’ 정도로밖에 생각하지 않
았는데….

“어쨌거나 지난번에 ‘사본’을 불태우고 그 일을 그레이터 비스
트[獸王]께 보고하기 위해 돌아갔더니…

그때 이번 일을 명하신 거지요.”

“날 감시하라고 말야?”

“조금 다릅니다만… 지키고 인도하라더군요.

본인을 앞에 두고 더 이상은 자세히 설명할 수 없지만요.”

“잠깐만. 그럼 내게 이 증폭의 탤리스먼을 판 것은 나를 지키라
는 임무를 받기 전이었어?!”

“물론 그렇습니다.”

“그럼 전혀 관계도 없던 나에게 어째서 이런 물건을 판 거지?”

"아, 그건⋯."

제로스는 쓴웃음을 짓더니 뺨 언저리를 긁적거렸다.

"어쩌다 보니 그렇게 된 겁니다."

아무래도 저 성격은 타고난 것 같다⋯.

"뭐, 어찌 됐든 솔직히 말해 이번 계획은 그리 내키지 않았습니다, 저는.

이번 계획을 지휘하고 있는 것은 헬마스터[冥王] 님이시거든요.

─물론 천 년 전의 강마전쟁 당시 헬마스터의 신관들이 모두 죽어버려서 일을 시킬 부하가 없는 건 확실합니다만.

역시 수신관인 저로선 별로 재미가 없었습니다.

실례를 무릅쓰고 이야기하자면 그 일의 일부가 당신⋯ 즉 인간 따위를 잠시 지키라는 것이었으니까요."

"그래서 나를 시험한 거구나. 과연 정말로 자신이 지켜줄 만한 가치가 있는 사람인지."

─그 정도 상대도 혼자서 해치우지 못하면 곤란합니다⋯.

제로스의 그 말은 아마 나에 대한 테스트였을 것이다.

그는 고개를 끄덕였다.

"그래서? 나는 합격한 거야?"

"솔직히 말해서 조금 불만입니다만⋯ 뭐, 아직 간파하지 못한 당신의 잠재 능력과 동료들의 힘을 감안해서 아슬아슬하게 합격점이라고 해드리죠."

그의 말에 쓴웃음을 짓는 나.

"그런데."

제로스는 나에게 물었다. 여느 때와 변함없는 미소를 지은 채.

"어떡하실 생각입니까? 제가 마족인 걸 알았는데?

결판이라도 내실 건지?"

"글쎄."

나는 잠시 생각하다가,

"다른 사람들에겐 아직 입 다물고 있을게."

"호오?"

재미있다는 듯 소리를 지르는 제로스에게 나는 손가락질을 하면서,

"너희들 장단에 놀아나는 건 화가 나지만 아무래도 지금은 잠자코 장단에 맞춰줄 수밖에 없을 것 같으니 말야. 바라는 대로 너희들 장단에 맞춰줄게.

그러려면 아직 다른 사람들에겐 네 정체를 누설하지 않는 편이 좋겠지?"

"아아, 그거 다행입니다."

뻔뻔하게 말하는 제로스.

"하지만 그럴 생각이었다면 어째서 굳이 저에게 이런 이야기를? 모르는 척하는 편이 여차할 때 조금이라도 당신에게 유리하게 작용할 거라 생각하는데요."

"지금까지 있었던 여러 가지 일들을 일단 분명히 해두고 싶어서 말야.

그리고 몰라서 놀아나는 게 아니라 알면서도 놀아나주고 있다는 걸 너에게 알려주고 싶어서.

…뭐, 별 차이 없다는 설도 있을지 모르겠지만 어쩐지 분한 생각이 들었거든."

"그렇군요."

쓴웃음을 짓고 고개를 끄덕이는 제로스.

"평범한 인간이 아니라는 이야기를 듣긴 했지만… 확실히 어느 의미론 그 말이 맞는 것 같군요."

"칭찬이야?"

"거의 최고의 찬사입니다. 인간에 대한 저희들 마족의 평치곤 말이죠."

"그래서 다음에 우리들은 어디로 가면 되는 거지?"

"글쎄요. 이대로…."

제로스는 들고 있는 지팡이로 서쪽 하늘에 걸려 있는 달을 가리켰다.

"딜스 왕국의 북쪽. 클리어 바이블의 원본이 있는 곳으로."

― 7권에 계속 ―

작가 후기

부하S

봉쥬르~ 여러분!

신장판을 통해 읽기 시작하신 분들은 처음 뵙습니다! 저는 L님의 부하 S라고 합니다, 오래전 출간된 책의 후기에서 가끔 사회도 맡았고, 작가 말살을 돕기도 했죠!

그러나!

최근 후기에서는 절절한 마음에도 출연기회를 얻지 못하여 "어차피 시간은 많지 않아?"라는 이유로 소재 찾기 투어의 티켓을 그 자리에서 받아 바로 떠나기도 하고, 겨우 돌아왔더니 폭파 채굴 반복 업무를 맡는, 그런 일상을 보내고 있습니다!

이런 스포트라이트 없는 반복 업무 기간이 드디어 인정을 받아! 마침내! 마침내!

상사의 신뢰를 얻었고!

이렇게 저 혼자 단독으로 후기를 맡게 되었습니다!

(울려 퍼지는 팡파르)

이 팡파르를 울리기 위해 악단을 고용하고 옷도 맞췄다는 것 아니겠습니다! 물론 모든 비용은 전부 사비입니다만, 이 후기라는 영광스러운 장소를 일임 받았으면, 이 정도 지출은 당연한 것 아니겠습니까?

그럼 먼저! 후기를 맡게 됐다는 것부터 증명하겠습니다! 여기 상사 L님께 받아온 편지가 있으니 이것부터 읽도록 하지요!

(봉투를 뜯고 편지를 펼치는 소리)

으… 으흠, 흠흠.

"이번 권은 페이지 수 관계로 후기를 2페이지만 넣을 수 있다네.

귀찮으니 너한테 맡길게.   L"

…엥…?

2페이지…? 고작…?

자… 잠시만! 2페이지라니! 아니 그렇다면, 그 얼마 안 되는 소중한 공간을 편지 앞뒤로 한 줄씩 떼어 낭비했다는 거야!?

내겐 아직 하고픈 말이 많다고~

우선 이 슬레이어즈라는 이야기 그 자체가 내 존재… 후기 : 끝

슬레이어즈 6
베젠디의 어둠

1판 1쇄 인쇄	2020년 6월 8일
1판 1쇄 발행	2020년 6월 15일

지은이	Hajime Kanzaka
일러스트	Rui Araizumi
옮긴이	김영종

발행인	정욱
편집인	황민호
본부장	박정훈
마케팅	조안나 이유진 이수정
국제판권	이주은 김준혜

제작	심상운 최택순 성시원
발행처	대원씨아이(주)
주소	서울특별시 용산구 한강대로15길 9-12
전화	(02)2071-2018
팩스	(02)749-2105
등록	제3-563호
등록일자	1992년 5월 11일
ISBN	979-11-362-3193-2 04830

SLAYERS Vol.6: VEZENDI NO YAMI
ⓒHajime Kanzaka, Rui Araizumi 2008
First published in Japan in 2008 by KADOKAWA CORPORATION, Tokyo.
Korean translation rights arranged with KADOKAWA CORPORATION, Tokyo.

누계 2천만 부, 역대 최고의 라이트노벨 전설이 된 그들이 돌아왔다

수왕을 섬기는 마족, 신관 제로스의 길안내로 가이리아 시티에 도착한 리나 일행.
이 나라에는 수많은 전설이 잠들어 있으며, 클리어 바이블 역시 그중 하나였다!
그곳에서는 장군 라샤트가 군비를 확충 중인데 왠지 수상쩍은 냄새가 풍겨오는데!
수많은 음모가 소용돌이치는 가운데, 리나는 골든 드래곤의 도움을 받아
마침내 클리어 바이블이 있는 곳에 도달한다.
곧장 마족에 대항할 수단을 찾기 시작한 리나는…

HAJIME KANZAKA 칸자카 하지메 | 일러스트 | 아라이즈미 루이 번역 | 김영종

슬레이어즈 7
마룡왕의 도전